Über dieses Buch Nach einer fast lebenslangen Zuchthausstrafe kehrt Luca Sabatini in sein Heimatdorf in den Abruzzen zurück – aufgrund eines Gnadenerlasses. Vor vierzig Jahren war in der Nähe des Dorfes Cisterna ein Kaufmann überfallen und ermordet worden. Luca wurde der Tat verdächtigt und von den Carabinieri verhaftet, obgleich die meisten Dorfbewohner an seiner Schuld zweifelten. Aber keiner sagte zu seinen Gunsten aus. Noch jetzt, nach so langer Zeit, sind ihm alle Türen verschlossen, als wäre er ein Aussätziger. Nur Andrea Cipriani, ein junger Lehrer, sucht den einsamen alten Mann auf, mit dem sein Vater in der Jugend eng befreundet war und für dessen Mutter er selbst als Schüler Bittgesuche aufgesetzt hatte, um hinter das Geheimnis zu kommen. Doch Luca schweigt, und auch die Dorfbewohner schweigen. Auf Schritt und Tritt begegnen Andrea Ausreden und Verstocktheit, selbst der Priester Don Serafino unternimmt nichts zu Lucas Rehabilitierung. Für Andrea wird der »Fall Luca« zum Prüfstein für seine Gesinnung. Er läßt nicht locker, er vertieft sich in die Akten, er redet mit dem Staatsanwalt, möchte eine Wiederaufnahme des Prozesses erreichen, aber Luca wehrt sich. Schließlich werden aus vielerlei Erinnerungen die Ereignisse von damals, die dem Gericht verborgen bleiben mußten, deutlich: Luca hatte sich in der Mordnacht mit einer Frau getroffen und, um ihre Ehre zu schützen, geschwiegen. Natürlich kannte man im Dorf die Zusammenhänge, doch gerade darum hatte sich die Mauer des Schweigens um Luca geschlossen. Eher hätte man ihm eine Gewalttat verzeihen können...
Meisterlich gelingt es dem großen italienischen Schriftsteller, diese spannende Geschichte eines Justizirrtums vor den lichten Hintergrund einer romantischen Liebesgeschichte zu stellen und Land und Leute jenes wilden, von der Zivilisation noch wenig berührten Teiles Italiens dichterisch zu gestalten.

Der Autor Ignazio Silone (eig. Secondo Tranquilli) wurde 1900 als Sohn eines Kleinbauern in dem Abruzzendorf Pescina geboren. 1915 verlor er seine Mutter und vier Geschwister bei einem Erdbeben. Als Gymnasiast schloß er sich der sozialistischen Jugend an und nahm 1921 an der Gründung der KPI teil. 1930 unter dem Eindruck von Stalins Sozialfaschismus Bruch mit der Partei. 1930–44 Exil in der Schweiz, erste Veröffentlichungen. Bereits sein erster Roman, ›Fontamara‹, begründete seinen Weltruhm. 1954 Rückkehr nach Rom. Sozialistischer Parlamentsabgeordneter, Chefredakteur der Zeitung *Avanti*, Gründer des »Teatro del popolo«, zeitweilig Präsident des italienischen PEN-Clubs. Silone schrieb Romane, Novellen und Essays, in denen er sich immer wieder für den unterdrückten und entrechteten Mitmenschen engagierte. Er starb 1978 in Genf.

Ignazio Silone

Das Geheimnis des Luca

Roman

Aus dem Italienischen
von Fritz Jaffé

Fischer Taschenbuch Verlag

Ungekürzte Ausgabe
Fischer Taschenbuch 5755
1.– 8. Tausend Juni 1983
9.–13. Tausend Februar 1984
Fischer Taschenbuch Verlag GmbH, Frankfurt am Main
Lizenzausgabe mit freundlicher Genehmigung
des Verlags Kiepenheuer & Witsch, Köln Berlin

Titel der Originalausgabe: ›Il segreto di Luca‹ (1955)
Umschlaggestaltung: Jan Buchholz / Reni Hinsch
Foto: Harro Wolter
Druck und Bindung: Clausen & Bosse, Leck
Printed in Germany
780-ISBN-3-596-25755-7

I

Der alte Mann stieg langsamen, aber gleichmäßigen Schrittes das letzte Stück des steilen Felsenpfades hinan. Wo dieser Abkürzungsweg in die Fahrstraße einmündete, ragte ein großes Eisenkreuz über einem steinernen Sockel. Hier machte der Mann halt, um Atem zu schöpfen und sich den Schweiß abzuwischen. Hinter dem Kreuz kauerte eine Frau auf der Erde, eine schwarz gekleidete junge Bäuerin mit einem weißen Tuch auf dem Kopf. Ob sie ausruhte oder betete, war nicht klar. Neben sich hielt sie einen großen Korb mit roten Pfefferschoten. Auf dem Sockel des Kreuzes standen die Worte eingemeißelt:

Zum Andenken an die Mission der Passionistenpatres
Mittfasten 1900

Der Blick des Mannes haftete an der Inschrift. Unterdessen beobachtete die Frau den Unbekannten. »Woher sind Sie?« fragte sie.

Aber der Mann antwortete nicht. Er mochte an die siebzig Jahre alt sein, sehr arm, war aber gesund, hochgewachsen und stark, sicher noch zu jeder Arbeit tauglich, ohne daß sein Beruf ersichtlich gewesen wäre. Entgegen den Gepflogenheiten des Landvolkes der Umgebung trug er keine Kopfbedekkung. Seine Haare waren grau und sehr kurz, seine Füße bloß; er war seit Tagen nicht rasiert. Seine Kleidung schien sauber, aber abgeschabt und vielfach geflickt; auffälliger wirkte der schwere, dicke Stoff, den er ungeachtet der großen Hitze trug. Von einer Schulter hing ihm ein Rucksack herunter, aus dem ein langes Brot und ein Paar Schuhe heraussahen. Die Frau kramte aus der Tasche ihres Rockes ein Geldstück hervor. »Hier, nehmen Sie«, sagte sie und reichte es ihm. Seine Verlegenheit war nicht gering.

»O nein«, sagte er. »Vielen Dank. Was denken Sie?«

»Nichts für ungut«, entschuldigte sich die Frau überrascht. »Ich wollte Sie nicht kränken.« Dann fügte sie hinzu: »Kommen Sie von weit her? Kennen Sie diese Gegend?«

Der Mann schwieg, als hätte er nichts gehört, und machte

einige Schritte, wie um seinen Weg fortzusetzen, blieb aber plötzlich wieder stehen, den Blick auf den Berg gegenüber gerichtet. »Und der Wald?« fragte er.
»Wußten Sie es nicht?« antwortete die Frau.
Er schüttelte mehrmals den Kopf. Vor ihm wölbte der nackte Berg seinen mächtigen schwarzen Buckel. Nur hier und da sproß kümmerlich etwas farbloses Buschwerk.
»Verbrannt?« fragte der Mann erschrocken mit einem Ausdruck des Grames. »Im Krieg?«
»Nein«, sagte die Frau. »Niemand weiß wie. Vielleicht Gottes Fluch.«
»Wann geschah es?« fragte der Mann.
Die Frau dachte nach.
»Jahr und Jahreszeit weiß ich nicht mehr. Doch erinnere ich mich, daß es an einem Freitag war.«
»Es hat so manchen Freitag gegeben im Lauf dieser Jahre«, sagte der Mann und starrte den trostlosen Hang an.
»Gewiß, aber ist es nicht immer derselbe Freitag, der sich wiederholt?«
Der Mann nahm seinen Weg wieder auf. Er folgte dem kleinen, in die Flanke des Berges eingekerbten Pfad.
An der ersten Wegkehre erschien ihm gegenüber auf einem kleinen Hügel das Dorf. Ein an einem Pfahl befestigtes Schild gab den Namen an:

Cisterna dei Marsi
950 Meter über dem Meer

Rechts und links vom Pfade breiteten sich jetzt kleine Felder mit verdorrten Stoppeln, hier und da stand ein schmächtiger Mandelbaum und Brombeergestrüpp. Bevor sie den Fuß des Hügels erreichte, führte die Straße über eine steinerne Brücke, unter der ein kleiner Bach in seinem tiefgeschnittenen Bett dahinsickerte. Der Mann stieg über die Felsstufen eines Seitenpfades zum Ufer hinunter und sah sich nach einer sauberen Stelle um, wo er seinen Rucksack ablegen konnte. Genau unter der Brücke stürzte der Bach von einem Felsenvorsprung hinunter und bildete ein tiefes, klares Bassin. Um die müden, verstaubten Füße einzutauchen, setzte der Mann sich auf die Grasnarbe des Ufers und streifte sich die Hosen über die Knie. Die kalte Strömung schien ihm wohlzutun, denn plötzlich begann er, mit der Behendigkeit eines Knaben im Wasser umherzulaufen. Einmal schloß er die Augen und lächelte. Nachdem er aber die Füße an der Sonne hatte trocknen lassen, kostete es ihn nicht geringe Mühe, sie in die aus dem Rucksack hervorgeholten Schuhe zu zwängen. Für das Waschen der Hände, des Gesichtes und des Nackens nahm er sich weniger Zeit. Dann machte er sich an das Trinken. Er legte sich lang hin, schob den Oberkörper über den Bach und neigte das Gesicht, bis das Wasser es beleckte. Er trank in langen Zügen wie ein Gaul am Ende eines mühseligen Arbeitstages. Als er sich erhob und das Gesicht abtrocknete, wurde er angerufen. Wenige Schritte von ihm lag im Schatten einer Akazie ein Mann im Grase, den er nicht bemerkt hatte.

»Hier ist doch ein Brunnen«, sagte er. »Zum Trinken ist der Brunnen da am Eingang des Dorfes.«

»So, jetzt habt ihr einen Brunnen?« fragte der Alte.

»Von wo kommen Sie?« entgegnete der andere. »Wen suchen Sie?«

Ohne Antwort beeilte der alte Mann sich, die Straße zu gewinnen und die ersten Häuser des Dorfes zu erreichen. Es war in der Hundstagshitze des Nachmittages um jene Stunde dumpfen Brütens, die dem Tode gleicht. Das Dorf schien ausgestorben. Leer und still lagen die Gassen zwischen den geschlossenen Fensterläden. Längs der Hauptstraße wechselten neue, noch frisch verputzte Häuschen ab mit alten, dazwischen mit Holzbaracken und Schutthaufen. Im Inneren des Dorfes wurde der Schritt des Mannes ungleichmäßig, bald rasch erregt, bald zögernd und plötzlich verweilend. Vor den Trümmern mancher Häuser blieb der Alte stehen, um zu den Fenstern aufzuschauen und zu verschwundenen Balkonen. Dann ging er mitten auf der Straße weiter. Niemand bemerkte ihn in diesem blendenden Licht, das die Öde der Schutthaufen und der leeren Mauern überflutete. Der Mann glich einem Gespenst, einer ruhelos schweifenden armen Seele.

Vor der alten Kirche angelangt, überlegte er einen Augenblick und ging auf das Pfarrhaus zu. Aber wie die Klingel am Eingang erreichen? Vor der Schwelle im Staube schlief ein dürftig mit Lumpen bedeckter Mann, von Fliegen umschwirrt, schwarz und mager, wie ein verkohlter Leichnam.

Doch genügte der bloße Schatten des Ankömmlings, um ihn zu wecken. »Was wollen Sie hier um diese Stunde?« murmelte er ärgerlich, fast ohne die Augen zu öffnen.
»Ich will zum Pfarrer.«
Im Gesicht des Mannes zuckte es, als sei er der Verzweiflung nahe. »Wie oft soll ich noch wiederholen«, zischte er, »daß milde Gaben nur am Freitag ausgeteilt werden?«
Der Alte ließ nicht locker:
»Kann ich nicht den Pfarrer sprechen?«
»Um diese Zeit schläft Don Franco«, antwortete der Mann in klagendem Tonfall. »Wer schläft nicht um diese Zeit?«
Dem anderen war es um eine Klarstellung zu tun.
»Wie sagten Sie, daß der Pfarrer heißt?« fragte er.
»Don Franco, wenn Sie nichts dagegenhaben.«
»Dann entschuldigen Sie die Störung«, sagte der alte Mann. »Er ist nicht der, den ich suchte.«
Er ging in umgekehrter Richtung um die Kirche herum und verlor sich im Gewirr der ältesten Gäßchen, die schmal wie Korridore waren. Sein Schritt hallte einsam gleich dem eines nächtlichen Wanderers auf dem Kopfsteinpflaster. Unversehens knarrten durch dieses Schweigen die Fensterläden hinter dem Balkon im ersten Stock eines alten Hauses, die jäh aufgerissen wurden. Eine schwarzgekleidete, hagere Greisin, offenbar blind, eilte an das Geländer und streckte das Gesicht mit den leeren Augenhöhlen in die Richtung, aus der sich die Schritte näherten.
»Wessen Schritt ist das?« schrie eine schneidende Stimme. »Mann, Euren Schritt hab' ich schon gehört.« Die Schritte verstummten sofort. Der Mann blieb wie angewurzelt stehen, mitten im Gäßchen, den Blick auf die unvorhergesehene Erscheinung gerichtet.
»Seid Ihr es?« fragte die Frau immer wieder in angstvoll flehendem Tone. »Seid Ihr es?«
Schnell aber erschien neben ihr ein junges Mädchen, das versuchte, sie mit sanften Worten und Gebärden zu überreden, ins Haus zurückzutreten.
»Ein Landstreicher«, sagte das junge Mädchen. »Es ist nur ein Landstreicher.«
»Vor unechten Landstreichern ist Vorsicht geboten«, rief die Alte, keineswegs überzeugt.

Der Mann rührte sich nicht von der Stelle, bevor er nicht gesehen hatte, daß die Fensterläden sich wieder ganz schlossen. Dann ging er weiter, aber mit leiserem Schritt, gleichsam auf den Fußspitzen. Sein Ziel war ein kleiner Platz in der Nähe, der auf drei Seiten von Trümmerhaufen umgeben war. An der vierten standen die Reste eines bescheidenen Hauses, dessen Tür durch ein mit festgenagelten Querbalken befestigtes Brett verrammelt war. Das einzige erhalten gebliebene Stockwerk war auf der einen Seite eingestürzt; es stand dem Regen offen wie dem Unkraut.
Der alte Mann legte den Rucksack auf die Erde und suchte mit allen Kräften der Hände und der Schultern den Widerstand des Brettes zu brechen, das die Türflügel zusammenhielt. Aber das Brett war aus hartem Holz, Kastanie oder Buche, und die Nägel waren dick, verrostet und tief eingetrieben.
»Vergebliche Mühe«, rief jemand, der unbemerkt hinter ihn getreten war. »Ich weiß drinnen Bescheid«, fügte er lachend hinzu. »Da gibt's nichts mehr zu holen.«
Es war ein barfüßiges Bürschchen, ohne Hemd, mit zerzausten Haaren und kurzen Hosen, die von Bindfäden gehalten wurden. Er mußte aus einem der Schutthaufen hervorgekommen sein, an Schutt erinnerte auch sein erdfarbenes Gesicht.
Der Alte versuchte immer noch, die Tür mit Schulterstößen aufzurammen.
»Da braucht man ein Stemmeisen«, sagte der Junge, der etwas hinter dem Rücken versteckt hielt.
»Ein Stemmeisen, ja«, sagte der Alte. »Aber woher nehmen?«
»Wenn wir Freunde werden, leih ich dir meins«, sagte der Junge und zeigte den Gegenstand, den er hinter dem Rücken verborgen hatte.
»Danke«, antwortete der neugierig gewordene Mann.
»Wie heißt du?«
»Toni. Und du?«
»Luca. Wer ist dein Vater?«
»Weiß nicht. Mein Spitzname ist *Dickschädel.*«
Der Alte lächelte.
»Ich sag's nicht, um mich zu rühmen, und nicht, um mich mit dir zu messen«, erklärte er, »aber in deinem Alter hätte ich denselben Spitznamen verdient.«

Toni lachte laut auf, wobei sich in der Schmutzmaske auf seinem Gesicht Falten bildeten. Er hatte grüne, ganz ungewöhnliche Augen, die ihm einen frühreifen Ausdruck von Schläue und Gewecktheit verliehen.
»Kannst du ein Freund sein?« fragte er den Mann gewichtig. »Kannst du einhalten, was abgemacht ist?«
»Ich glaube, ja.«
»Kannst du Geheimnisse wahren?«
»Ich glaube, Toni. Was willst du noch wissen?«
»Das genügt einstweilen. Wir haben keine Zeit zu verlieren, bevor die anderen aufwachen.«

2

»Ich werde euch gleich empfangen«, sagte der Bürgermeister zu der Abordnung der Heimkehrer, die im Korridor vor der Tür seines Amtsraumes wartete. »Geduld, ich habe nur noch wenige Minuten zu tun.«

»Erst kommt der Carabiniere dran, und dann wir?« murrte einer aus der Gruppe.

Der Bürgermeister versuchte, mit seinem großen, bleichen und verschwitzten Gesicht den Heimkehrern zuzulächeln, schloß dann wieder die Tür hinter sich und kehrte an seinen Schreibtisch zurück. Neben ihm war der Wachtmeister der Carabinieri sitzen geblieben, der ebenfalls sichtlich unter der Hitze litt.

»Haben Sie gehört?« fragte der Bürgermeister. »Ich bin kaum erst einen Monat im Amt und kann schon nicht mehr.«

»Der Dienst am Volk strengt an«, gab der Wachtmeister mit einem leisen Anflug von Spott zu. »Was wollen sie denn eigentlich?«

»Fort, auswandern«, brummte der Bürgermeister.

Glutwellen wie aus einem Backofen drangen durch das weit geöffnete Fenster ein. »Könnte man es nicht schließen?« bat der Wachtmeister.

»Dann gäbe es keine Luft mehr«, sagte der Bürgermeister. »Ich lasse Ihnen eine Brauselimonade kommen.«

»Wenn Sie das Luft nennen«, meinte der Wachtmeister.

Trotz seinem jugendlichen Alter und seiner mächtigen Leiblichkeit schien auch der Bürgermeister erschöpft, wenn nicht sogar erledigt zu sein.

»Entschuldigen Sie«, sagte er, entledigte sich der Jacke und der Krawatte und warf beides über die Schreibmaschine. Das enge, schweißgetränkte und durchscheinende Hemd umhüllte seinen dicklichen Brustkorb wie Ölpapier. Der Anblick war so viehisch, daß der Wachtmeister eine Grimasse des Widerwillens nicht unterdrückte.

»Die betreffende Angelegenheit interessiert mich nicht«, sagte der Bürgermeister. »Oder, richtiger, sie geht mich überhaupt nichts an.«

»Welche Angelegenheit?« fragte der Wachtmeister.
»Ich sehe, daß Sie mich nicht verstanden haben.«
»Ich meine die Angelegenheit des besagten Subjektes – wie heißt er doch? –, der aus dem Gefängnis entlassen wird.«
»Aus dem Zuchthaus«, verbesserte der Wachtmeister.
»Gilt mir gleich. Ich wiederhole Ihnen, die Sache geht mich nichts an. Kein politisches Verbrechen.«
»Weder politisch noch gemeinrechtlich«, erklärte der Wachtmeister. »Sie wissen so gut wie ich, daß der Mann aus dem Zuchthaus entlassen wird, weil seine Unschuld erwiesen ist.«
»Also gut. Ich werde es dem Wohlfahrtsamt mitteilen«, sagte der Bürgermeister. »Genügt das nicht? Wir haben dann eben einen Bettler mehr.«
»Die öffentliche Ordnung hat nichts mit der Wohlfahrt zu tun«, bemerkte der Wachtmeister.
»Die öffentliche Ordnung? Also bringt nach Ihrer Ansicht die Heimkehr eines Unschuldigen die öffentliche Ordnung in Gefahr? Meinen Sie also, man soll den Mann im Zuchthaus belassen?«
»Sie wirken entmutigend«, sagte der Wachtmeister. »Wenn Sie wollen, können wir meinetwegen heute abend weiter darüber sprechen, wenn es kühler ist.«
»Finden Sie mich töricht?« fragte lachend der Bürgermeister. »Warten Sie, bitte, setzen Sie sich wieder. Erläutern Sie mir Ihren Standpunkt genau. Ich lasse Ihnen gerne einen Sprudel kommen.«
»Ich bezog mich auf den Eindruck, den die bloße Nachricht von der baldigen Rückkehr des Mannes auf die Leute hier macht«, suchte der Wachtmeister zu erklären. »Da gibt es keine Ausflucht.«
»Wer erinnert sich schon wirklich an diesen Mann?« fragte der Bürgermeister. »Er ist vor vierzig Jahren verurteilt worden. Wer kennt ihn noch?«
»Die Alten«, sagte der Wachtmeister. »Haben Sie nicht bemerkt, welchen Eindruck die Nachricht auf die Alten gemacht hat?«
»Nein, ich hab' nicht darauf geachtet. Dies ist ein Dorf der alten Leute. Also schön, was haben sie gesagt, die Alten?«
»Nichts, und das ist das Schlimme. Sie haben geradezu Angst, davon auch nur zu sprechen.«

»Ja, wissen Sie, unsere Alten sind eben nicht gesprächig. Es ist so schwer, ihr Schweigen zu deuten. Manchmal möchte man glauben, daß sie die fürchterlichsten Gedanken wälzen, und dabei denken sie vielleicht überhaupt nichts. Wie soll man dahinterkommen?«

In diesem Augenblick wurde mehrmals heftig an die Tür gepocht.

»Gleich, sofort«, schrie der Bürgermeister außer sich.

»Jetzt schau ich einmal nach«, sagte der Wachtmeister, erhob sich und deutete auf die Tür.

»Es ist wirklich nichts. Nur arbeitslose Heimkehrer, die ruhig warten können. Also setzen Sie sich wieder und sagen Sie frei heraus, wovor Sie besorgt sind.«

»Wäre da nur das Schweigen der Alten«, erklärte der Wachtmeister. »Aber ihre offensichtliche Verlegenheit, ihr fliehender Blick, sobald von diesem Manne gesprochen wird – wie heißt er doch gleich, helfen Sie mir ...«

Der Bürgermeister durchwühlte den Berg von Akten, der den Schreibtisch bedeckte.

»Luca Sabatini. Erklären Sie mir nun also genauer, was Sie argwöhnen. Waren vielleicht falsche Zeugen gegen den Mann aufgeboten?«

Der Wachtmeister nickte. »Das ist mehr oder weniger mein Verdacht.«

»Folglich fürchten Sie im Grunde, daß der Sabatini gewissermaßen mit Rachegedanken hierher zurückkehrt?«

»Das wäre menschlich begreiflich«, sagte der Wachtmeister. »Versetzen Sie sich einmal in seine Lage.«

»Nein, danke, ich ziehe die meinige vor. Aber womöglich sind die vermeintlichen falschen Zeugen schon lange tot. Das wäre jedenfalls zu hoffen. Wie viele Jahre sind seitdem vergangen?«

»Ich möchte sichergehen«, sagte der Wachtmeister.

»Und wer bürgt uns dafür, daß die Rache nicht die Söhne trifft?«

»Ich wiederhole Ihnen, ich weiß wirklich nichts davon«, sagte der Bürgermeister, der die Geduld verlor. »So an die Dinge heranzugehen, ist purer Zeitverlust. Als der Prozeß spielte, war ich, das kann ich beweisen, noch nicht einmal geboren. Als ich ein Knabe war, sprachen nur noch wenige von der üblen Sache. (Mein Vater war, unter uns gesagt, von der Schuld des Verurteilten überzeugt.)«

»Ihr Vater war«, erkundigte sich der Wachtmeister, »doch nicht am Ende einer der Belastungszeugen?«

»Das weiß ich nicht, weshalb fragen Sie? Was wollen Sie damit andeuten?«

»Oder etwa Ihr verstorbener Schwiegervater?« bohrte der Wachtmeister weiter. »Man kann nicht wissen.«

»Sie sind wahnsinnig«, schrie der Bürgermeister. »Verzeihen Sie, bleiben Sie sitzen, gehn Sie nicht gerade jetzt. Wir müssen doch zu irgendeinem Ergebnis kommen.«

»Vor dem Gericht«, sagte der Wachtmeister.

»Wenn Sie meinen, werde ich versuchen, einen oder den anderen der Alten zum Sprechen zu bringen«, sagte der Bürgermeister. »Natürlich wird es an mir sein, ein paar Flaschen zu spendieren.«

»Vielleicht empfiehlt es sich auch«, meinte der Wachtmeister, »daß sich eine Vertrauensperson an den Unglücklichen heranmacht, sobald er hier eintrifft, um seine Geistesverfassung, seine Stimmung, seine Absichten, was weiß ich, zu erforschen.«

»Was verstehen Sie unter Vertrauensperson?« fragte der Bürgermeister. »Man darf da nicht zuviel erwarten, bei den heutigen Zeiten.«

»Ich dachte an Don Franco«, sagte der Wachtmeister. »Ich hab' ihn sogar schon ein wenig vorbereitet.«

Der Bürgermeister zog die Nase kraus.

»Don Franco scheint mir wenig geeignet«, warf er ein. »Er ist zu jung, kaum so alt wie ich. Und dann interessiert er sich nur noch für die öffentlichen Arbeiten. Das Bauwesen wäre seine wahre Berufung.«

»Wenn dem so ist«, sagte der Wachtmeister, »dann sprechen Sie doch selber mit dem anderen Pfarrer, dem älteren. Wie ist sein Name?«

»Don Serafino«, sagte der Bürgermeister. »Jawohl, das ist vielleicht die richtige Persönlichkeit. Aber leider kann ich nicht mit ihm sprechen. Seit einiger Zeit grüßen wir uns kaum. Ja, Sie kennen ihn nicht, Wachtmeister, Sie haben keine Ahnung, wie langweilig und wie eigensinnig der Mann sein kann. Zwei Worte werden genügen: Nicht nur, daß dieser alte Priester den Glauben an Gott den Frauen und Kindern predigt, wie das seines Amtes ist, er glaubt selber. Sie lachen? Sie meinen, daß ich übertreibe? Schön, also ich schwöre es Ihnen bei dem Teuersten, was ich habe. Er hat mir selber versichert, daß er noch an die Existenz Gottes glaubt, ha, ha, ha.«

»Und Sie denken«, sagte der Wachtmeister, »daß umgekehrt Don Franco ...«

»Don Franco glaubt nur noch an das Ministerium für öffentliche Arbeiten. Kürzlich ...«

»Gut, dann werde ich also versuchen, mit Don Serafino zu sprechen«, unterbrach der Wachtmeister. »Wir haben keine Zeit zu verlieren.«

Der Bürgermeister wurde plötzlich unruhig.

»Was wollen Sie ihm erzählen?« fragte er. »Dieser Mann könnte, wenn ich Sie recht verstehe, von einem Tage zum anderen hier in Cisterna ankommen.«

»Ich hab' Ihnen doch die Ankündigung gezeigt«, sagte der Wachtmeister. »Er kann noch ein, zwei Tage ausbleiben, aber nicht länger.«

»Zu all meinen Sorgen hat mir das noch gefehlt«, jammerte der Bürgermeister.

Er begleitete den Wachtmeister zur Tür. Draußen sah er einen Amtsdiener, der in der Hand seine Mütze, in der anderen seine Pfeife hielt. Der Korridor war leer.

»Wo sind denn die Heimkehrer?« fragte der Bürgermeister.

»Sie haben nicht länger warten wollen«, antwortete der Diener. »Die Botschaft, die sie für Sie hinterlassen haben, möchte ich Ihnen lieber nicht ausrichten. Wenn Sie aber Gewicht darauf legen ...«

»Wohin sind sie denn gegangen?«

»Zum Sitz der Partei.«

»Schon fängt das Unglück an«, schimpfte der Bürgermeister vor sich hin und schlug wütend die Tür zu.

Vergebens ließ der Wachtmeister der Absprache gemäß sofort nach Don Serafino suchen. Der alte Priester war weder daheim noch in der Kirche aufzufinden, noch an den zwei oder drei schattigen Stellen, wo er sich aufzuhalten pflegte. Er war mit seinem alten Sonnenschirm aus grauem Leinen um die Zeit ausgegangen, in der die Straßen leer waren, ohne der Dienstmagd etwas zu hinterlassen. War er vielleicht an das Bett eines Sterbenden gerufen worden? Aber das hätte man erfahren.

Im Hochsommer schleichen die Stunden langsam dahin. Kaum hatte aber die Glocke der Pfarrkirche zur Vesper geläutet, als auch schon die geschlossenen Türen und Fenster sich öffneten, die Handwerker ihre Arbeitstische hinaus neben die Haustüren trugen und die Bauernfrauen, in Erwartung der Heimkehr ihrer Männer vom Felde, von Schwelle zu Schwelle zu schwatzen begannen. Der Priester aber erschien erst zum Ave Maria. Ein mit Maiskolben beladener Esel kam den Pfad des Hanges, der vor dem Dorf steht, herunter, und hinter dem Esel zeigte sich der Pfarrer, der neben einem alten Bauern einherschritt. Der Bauer war ein gewisser Ludovico, ein früherer Müller, der als Sonderling galt. Seit er seine alte Wassermühle hatte aufgeben müssen, weil sie im Wettbewerb mit der elektrisch betriebenen Gemeindemühle nicht standhalten konnte, vielleicht aber auch aus anderen Gründen, war er einer düsteren Schwermut verfallen, der niemand ihn zu entreißen vermochte. Aber auch das magere und strenge Gesicht Don Serafinos schien an diesem Abend ungewöhnlich sorgenvoll. Was die beiden miteinander bereden mochten, war schwer zu erraten. Der frühere Pfarrer und der frühere Müller gehörten zu den ältesten Männern im Dorf, und man weiß ja schon, daß keiner so leicht die Alten versteht, wenn sie ihre Gespräche führen. An diesem Abend aber schwiegen beide, als hätten sie sich nichts mehr zu sagen, obwohl sie nebeneinander hergingen. Als sie an der Wegegabel von San Bartolomeo angelangt waren, wo sie sich trennen mußten, legte Don Serafino den Arm um Ludovico, während der Esel allein seinen Weg in den Stall fortsetzte.

»Sei nicht starrköpfig, hör auf mich«, sagte Don Serafino.

»Laß mich«, murmelte Ludovico.

»In den nächsten Tagen wird er zurückkommen«, fügte der Priester hinzu, »und wir können ihm unsere Hilfe nicht versagen.«

»Ich kenne ihn nicht, laß mich gehen«, wiederholte Ludovico mit einem Blick voller Haß.

»Es wird auch für mich nicht leicht sein, das versichere ich dir. Aber so viele Jahre sind vergangen; auch er muß alt geworden sein.«
Der alte Müller sah zu Boden. Er hielt den Kopf gesenkt wie ein Esel, sein Mund stand offen, seine Arme baumelten.
»Bring mich nicht so weit, daß ich fluche«, schrie er plötzlich den Priester an. »Laß mich meines Weges gehen.«
Aber Don Serafino gab nicht klein bei.
»Wir beide gehören zu den wenigen aus der Zeit des Unheils, die übriggeblieben sind«, sagte er traurig. »Erinnerst du dich nicht? Wir waren seine Freunde.« Mit jähem Ruck befreite Ludovico sich vom Arm des Priesters und rannte schwerfällig hinter seinem Esel her. Don Serafino schaute ihm eine Weile nach, dann ging er, gestützt auf seinen Sonnenschirm, langsamen Schrittes bis auf den kleinen Platz vor der Kirche von San Bartolomeo. Dort angelangt, bemerkte er von weitem den Wachtmeister der Carabinieri und setzte sich, um ihm nicht zu begegnen, auf eine der Steinbänke, die sich an die Kirchenmauer lehnten. Die Kirche war durch das letzte Erdbeben, das sie halb zum Einsturz gebracht hatte, dem Kult entzogen und nicht wiederhergestellt worden. Über den noch stehenden Wänden wölbte sich ein Stück der innen bemalten Kuppel: in einem violetten Himmel ein Schwarm von Engeln, die Rosengewinde trugen und weiße flatternde Bänder mit der Inschrift *Gloria Gloria Gloria.* Auf den verstaubten Bäumchen, die in Doppelreihe vor der Kirche standen, zirpten Scharen von Grillen; an einem Stamm war ein kleiner, brauner Esel mit sehr großen Ohren angebunden. Der Wachtmeister kam schnurstracks auf den Priester zu. »Fühlen Sie sich nicht wohl?« fragte er. »Sie machen einen leidenden Eindruck.«
»Nichts von Bedeutung«, antwortete der Pfarrer. »Abends bei Sonnenuntergang hab' ich immer etwas Atemnot.«
»Würde ich weniger lästig fallen, wenn ich Sie morgen früh aufsuchte? Es handelt sich um eine dringende Frage.«
»Um was, wenn ich fragen darf?« erkundigte sich der Priester.
»Entsinnen Sie sich eines gewissen Luca Sabatini? Er war vor vielen Jahren Ihr Pfarrkind. Entsinnen Sie sich nicht?«

»Ja, es muß viele Jahre zurückliegen«, antwortete der Priester mühsam »Vor den letzten Katastrophen.«
»Wie wir alle wissen«, fuhr der Wachtmeister fort, »ist er seinerzeit einem bedauerlichen Justizirrtum zum Opfer gefallen. Jetzt ist er im Begriff heimzukehren, und ich will Ihnen meine Befürchtung nicht verhehlen. Ich spreche natürlich im allgemeinen Interesse und möchte fragen, ob Sie sich vielleicht erinnern, auf Grund welcher Zeugenaussagen der Ärmste verurteilt worden ist?«
»Wie soll ich das wissen?« antwortete der Priester erstaunt. »Ich habe mich immer um meine Pfarrei gekümmert und um nichts sonst. In diesem Dorf kümmert sich jeder nur um die eigenen Angelegenheiten.«
»Ich verstehe«, beeilte sich der Wachtmeister lächelnd zu sagen. »Aber vielleicht entsinnen Sie sich wenigstens, ob Leute aus dem Dorf gegen Sabatini ausgesagt haben, sei es auch in gutem Glauben?«
»Nein, ich weiß nichts«, sagte der Priester peinlich berührt. »Ich erinnere mich an nichts, ich sagte es Ihnen bereits.«
»Natürlich«, pflichtete der Wachtmeister mit gezwungenem, bitterem Lächeln bei. »Das fehlte ja auch noch. Aber vielleicht habe ich mich falsch ausgedrückt. Ich wollte nur jetzt, da kein Zweifel mehr an der Unschuld des Luca besteht, zu bedenken geben, daß man sich doch fragen kann, weshalb es ihm im Prozeß nicht gelungen ist, sich irgendwie zu rechtfertigen.«
Der Priester gab Zeichen der Ungeduld von sich.
»Was soll denn ich davon wissen?« protestierte er achselzuckend.
Seine berufliche Erfahrung mahnte den Wachtmeister zu großer Geduld. »Vor kurzem«, fuhr er fort, »sprach ich in Gegenwart des Bürgermeisters mit jemandem aus dem Dorf und glaube, dessen Äußerungen entnommen zu haben, daß Sabatini sich während der Verhandlung nicht einmal verteidigt hat.«
Mit einer leisen Bewegung des Kopfes stimmte der Priester zu. »Auch ich habe davon reden hören. Nein, er hat sich nicht verteidigt.«
»Es scheint, als habe das größte Verdachtsmoment, das gegen Sabatini vorlag, darin bestanden, daß er in der Nacht, in der

das Verbrechen geschah, nicht daheim war. Während des Prozesses hat er sich geweigert anzugeben, wo er übernachtet hatte.«

»Er verteidigte sich nicht«, bestätigte der Priester. »Das habe auch ich gehört. Sonst kann ich Ihnen, ich versichere Sie, nichts sagen.«

»Hat niemand sich gemeldet, der enthüllt hat, was Luca verheimlichte?«

»Niemand.«

»Entschuldigen Sie, Hochwürden«, sagte der Wachtmeister, »all das kommt mir unwahrscheinlich vor.«

»Die Wahrheit ist sehr oft unwahrscheinlich«, sagte der Priester.

»Sprechen wir von der Gegenwart. Erwarten nicht auch Sie, ehrlich gesagt, die bevorstehende Rückkehr von Luca hierher, nach Cisterna, mit einiger Beklemmung?«

Der Priester überlegte lange.

»Ich würde lügen, wenn ich es in Abrede stellte«, antwortete er schließlich sehr leise.

»Hegen Sie eine besondere Befürchtung?« fragte der Wachtmeister weiter. »Könnten nicht hinter dem Geheimnis seines Verhaltens vor den Geschworenen gewisse Ursachen zum Haß verborgen sein?«

»Ich weiß nicht«, antwortete der Priester. »Ich spüre ein Angstgefühl, das ich nicht auszudrücken vermag. Gewiß hat er das Recht auf Freiheit, da er unschuldig ist. Aber was soll er hier tun? Die Welt, die er gekannt hat, besteht nicht mehr. Das Zusammentreffen mit ihm wird für mich wie für manchen Alten seines Jahrgangs etwas von einem Stelldichein mit einem von den Toten Erstandenen haben. Aber das sind selbstische Gedanken... Es gibt einen anderen Gesichtspunkt, unter dem seine Lage hier nach seiner Rückkehr zu prüfen wäre, den materiellen nämlich – und ich weiß nicht, wie da verfahren wird. Zahlt ihm der Staat eine Entschädigung für die zu Unrecht im Zuchthaus verbüßten Jahre?«

»Unser Gesetz sieht nichts dergleichen vor«, sagte der Wachtmeister.

»Es sieht keine Justizirrtümer vor?«

»Das Gesetz«, erläuterte der Wachtmeister, »kennt keine Verpflichtung für den Staat, die Opfer von Justizirrtümern zu entschädigen ... Hat Luca keine Verwandten? Kein Familienerbe?«

»Nichts und niemand«, sagte der Priester.

Während das Gespräch sich dem Ende zuneigte, war ein barfüßiger kleiner Junge in einer Soldatenjacke, die ihm über die Knie hing, auf dem Platz aufgetaucht. Vor sich her stieß er mit Fußtritten eine alte Blechschachtel, was einen Höllenlärm machte.

»Toni«, rief ihm Don Serafino zu, »du wirst dir die Füße verletzen.« Sofort ließ Toni von der Schachtel ab, tat, als lahmte er schon, und kam hinkend herbei, um sich neben den Priester zu setzen.

»Mir ist ein Gedanke gekommen«, nahm Don Serafino das Gespräch mit dem Wachtmeister wieder auf. »Könnte nicht die Gemeinde, noch bevor Luca hier eintrifft, seine Aufnahme in das Altersheim der Provinz beantragen? Mir scheint, als erfülle der Unglückliche alle Bedingungen, um dort versorgt zu werden.«

»Eine glückliche Eingebung«, sagte der Wachtmeister. »Eingeflößt von der Vorsehung, soviel ist sicher. Ich gehe gleich zum Bürgermeister, um es mit ihm zu besprechen.«

Kaum war der Wachtmeister hinter der Kirche verschwunden, flüsterte Toni dem Priester zu:

»Ich kam, um Ihnen eine Nachricht zu bringen, die Ihnen, wie ich annahm, viel Freude machen würde.«

»Was für eine Nachricht?« fragte der Priester neugierig.

»Jetzt ist es nicht mehr der Mühe wert«, sagte der Junge mürrisch.

»Los, sprich, was für eine Nachricht?«

Der Junge flüsterte dem Priester etwas in das Ohr, auf dessen Gesicht unvermutet die Anzeichen einer unangenehmen Überraschung zu beobachten waren.

»Er ist schon hier?« fragte er. »Seit wann?«

»Seit gestern.«

»Und wo?«

»Ich weiß nicht, ob es recht ist, wenn ich es Ihnen sage. Bah, schließlich ist es doch sein Haus.«

»Mitten unter den Trümmern?«

»Ich hab' ihm einen Strohsack besorgt und ein paar Sachen.«

»Niemand hat ihn unterwegs gesehen, als er kam?«
»Vorderhand wollte er sich noch nicht zeigen.«
»Hat er dich zu mir geschickt?«
»Er will sich nicht zeigen, sagte er mir, bevor er weiß, wie es im Dorfe steht, wer tot ist, wer noch lebt, und so. Aber wie hätte ich all seine Fragen beantworten können? Auch seine Geschichte kenne ich nicht genau. Ich hab' nur begriffen, daß er ein Mann ist wie andere auch. Da hab' ich ihm vorgeschlagen, einen seiner Freunde aus der alten Zeit holen zu gehen, aber er wußte mir niemanden anzugeben. ›Einst war hier ein Priester‹, sagte er, ›ein gewisser Don Serafino. Als ich ankam‹, sagte er weiter, ›hab' ich ihn in der Sakristei gesucht, aber ich glaube, verstanden zu haben, daß er gestorben ist.‹ – ›Nein‹, hab' ich ihm erklärt, ›Don Serafino ist nicht mehr Gemeindepfarrer, weil er zu alt ist, aber er lebt noch.‹ Sie hätten sehen sollen, wie glücklich er war über diese Nachricht... Dafür wollen Sie ihn nun wieder einsperren lassen. Jetzt sehe ich, daß ich unrecht daran getan habe, Ihnen zu sagen, daß er zurück ist. Ja, es war sehr dumm von mir, daß ich mich auf Sie verlassen habe.«
Toni hielt inne, als er sah, daß Don Serafinos Augen voll Tränen standen.
»Gehn wir«, sagte der Priester und erhob sich plötzlich. »Führ mich zu ihm.«
Der Junge schoß vor Freude einen Purzelbaum. Er war biegsam wie eine Weide.
»Es ist nicht geraten, daß wir zusammen gehen«, sagte er. »Und Sie kennen ja den Weg.«

3

Don Serafinos dunkles Arbeitszimmer glich einem Grabe. Auf dem Tisch, der mit zerrissenem, grünem, von Wachstropfen besprenkeltem Tuch bezogen war, stand als Hauptgegenstand zwischen zwei hölzernen Kerzenhaltern und schwarz gebundenen Gebetbüchern ein Schädel, ein menschlicher Totenschädel.

»Willst du noch etwas Kaffee?« fragte Don Serafino.

»Nein, danke«, erwiderte Luca.

»Einen Zwieback?«

»Danke. Wenn du mir aber ein paar davon in ein Stück Papier wickeln willst, bringe ich sie Toni.«

Sogleich erhob sich der alte Priester, um das Päckchen vorzubereiten. Er war von hoher Statur und asketisch mager, mit langem, kantigem Kinn, tiefliegenden Augen und schmaler, spitzer Nase; seine knochigen, gichtischen Hände glichen den Krallen eines Hahnes.

Ein Sonnenstrahl fiel in diesem Augenblick durch eine kleine Luke ein, so daß unzählige Staubteilchen in dem leuchtenden Band zu tanzen begannen, das die Stube in zwei Hälften teilte.

»Für morgen«, sagte Don Serafino, »wird Andrea Cipriani hier erwartet. Du kannst ihn nicht kennen, er ist noch nicht vierzig Jahre alt. Ich weiß nicht, welche und wie viele Missetaten er in den letzten Jahren begangen hat. Aber ich weiß, daß sich um seinen Kopf der rote Glorienschein eines revolutionären Bandenführers gelegt hat. Er kommt zum ersten Male wieder nach Cisterna, und da inzwischen die Sache der Revolution hier die Oberhand gewonnen hat, wird er nicht verhaftet, sondern im Triumph einhergetragen werden.«

»Ich habe schon von ihm gehört«, sagte Luca. »Ist er nicht der Sohn von Carmine?«

»Ja, der Sohn deines Freundes Carmine. Entsinnst du dich seiner? Aber Carmine war ein Mann der Ordnung, während sein Sohn das harte Leben des Rebellen gewählt hat. Die Zeiten bringen es freilich mit sich, daß er für seinen Bedarf alles in Hülle und Fülle findet.«

»Als ich rein zufällig«, antwortete Luca, »und mit der üblichen Verspätung erfuhr, daß Carmine gestorben war, war es mir, als hätte ich einen Bruder verloren. Ob je zwei junge Leute so eng verbunden waren wie wir, weiß ich nicht. Dennoch waren wir in den letzten Jahren, die ich noch in Freiheit lebte, ein wenig auseinandergekommen. Er hatte sich verheiratet, und für mich begannen jene Drangsale, die er nie begriffen hat. Gleichwohl glaube ich, daß er mir weiterhin wohlgesinnt blieb.«

»Mehr als das, kann ich dir versichern«, sagte der Priester. »Er litt sehr unter deinem Prozeß. Oft kam er zu mir, damit ich ihm dein unverständliches Benehmen erklären sollte. Aber was konnte ich ihm schon sagen?«

»Ich weiß auch, daß er meine Mutter bis zu ihrem Tode unterstützt hat. Die Mutter schrieb es in jedem ihrer Briefe.«

»Du hast doch nichts dagegen«, fragte Don Serafino, »daß ich Andrea von deiner Lage unterrichte? Es wäre wahrlich unangebracht, ihm gegenüber den Stolzen zu spielen. Andrea verfügt über großen Einfluß, er könnte dir vielleicht eine angemessene Unterstützung verschaffen.«

»Glaubst du wirklich, daß ich keine Arbeit finde?«

»Das ist leider, wie ich wiederholen muß, so gut wie unmöglich. Sogar unter den jungen Leuten gibt es Arbeitslose.«

»Ich würde Andrea gern sehen«, sagte Luca, »sei es auch nur einen Augenblick, nur um ihm die Hand zu drücken.«

»Das wird morgen nicht eben leicht sein«, sagte der Priester. »Er kommt zum ersten Male wieder nach Cisterna, verstehst du? Da wird er gewiß von den Behörden in Anspruch genommen und von seinen Parteigenossen.«

»Hat er auch in Cisterna Anhänger?«

»Sicher, dem Erfolgreichen laufen die Leute überall nach.«

»Stimmt es, daß auch er im Gefängnis war?«

»Ja, wenige Monate, dann war er mehrere Jahre auf einer Insel interniert.«

»Das verstehe ich nicht«, sagte Luca. »Wie konnte jemand, der wie Andrea hier in Cisterna lebte, an die Politik geraten?«

»Die Politik, mein lieber Luca, ist heute so ansteckend wie die

Cholera«, erklärte Don Serafino. »Den Wegen, auf denen ihre Bazillen sich verbreiten, ist schwer nachzuspüren. Andrea schien nichts anderes zu sein als ein schlichter Schullehrer; er galt sogar als guter Lehrer, wenn auch schwierig und leicht reizbar. Er wirkte, um die Wahrheit zu sagen, schon als Knabe etwas wunderlich. Seine Mutter kam oft zu mir, um mich wegen seines sonderbaren Wesens um Rat zu fragen. Wäre er ein Mädchen gewesen, hätte ich ihn für hysterisch gehalten. Damals konnte allerdings niemand voraussehen, was alles geschehen würde. Im Verlauf eines jener kleinen Feldzüge, welche die verflossene Regierung gegen waffenlose Völker zu entfesseln beliebte – ich weiß nicht mehr, ob gerade die Spanier oder die Abessinier dran waren –, erklärte Andrea mitten auf dem Platze: ›Das ist eine Schande.‹ Das Ärgernis lag weniger in seinen Worten, als darin, daß er sie öffentlich geäußert hatte. Er hätte sie zurücknehmen und sich rehabilitieren können. Er tat das Gegenteil, so als habe er lange auf die Gelegenheit gewartet. Zur Partei beschieden, wiederholte er dort seine Behauptung, wie es scheint, sogar noch gröber. Begreiflicherweise war dies mehr als genug für seine sofortige Verhaftung und für alles Weitere. In diesen letzten Jahren ...«

Es pochte mehrmals an die Tür.

»Wer ist da?« rief Don Serafino.

Im Türrahmen erschien der Gemeindediener. Lucas Anwesenheit setzte ihn offensichtlich in Verlegenheit. Ohne ihn zu grüßen, streifte er ihn mit einem Seitenblick.

»Was willst du?« fragte der Priester.

»Don Serafino«, sagte der Diener, »der Bürgermeister wünscht Sie dringend zu sprechen.«

»Weswegen?«

»Verzeihen Sie, das hat man mir nicht mitgeteilt.«

»Wie kommt denn dein Bürgermeister dazu, mich wie einen der Gemeinde unterstellten Straßenkehrer einfach zu sich rufen zu lassen?«

Der Gemeindediener lächelte.

»Was die Dienstbereitschaft der Straßenkehrer anlangt, so sind Sie augenscheinlich schlecht unterrichtet. Sie streiken nämlich seit gestern. Merken Sie nicht, wie die Straßen stinken?«

»Ich dachte«, entschuldigte sich der Priester, »das rühre von dem neuen Bürgermeister her.«
Der Gemeindediener brach in ein verächtliches Lachen aus.
»Soll ich ihm das bestellen? Ich wüßte nichts, was ich lieber täte. Übrigens glaube ich, verstanden zu haben, was man von Ihnen will. Die Gemeinde möchte ein Komitee bilden zur Begrüßung von Andrea Cipriani, die morgen stattfindet.«
»Was braucht's denn mich dazu? Sie sollen sich an den amtierenden Pfarrer wenden.«
»Möglicherweise haben sie den Rat eines Freundes des Gefeierten nötig«, bemerkte der Diener.
Luca stieß Don Serafino mit dem Ellenbogen an. »An deiner Stelle würde ich in diesem Falle nicht abseits bleiben«, flüsterte er ihm zu. »Vielleicht ersparst du dem Andrea Ärger, wenn du mitwirkst.«
»Also gut«, sagte Don Serafino, in sein Schicksal ergeben. »Ich werde sehen, aber später. Im Augenblick hab' ich Besuch.«
Als der Gemeindediener sich entfernt hatte, sagte Luca lachend: »Der scheint mir den neuen Bürgermeister nicht sehr zu schätzen.«
»Ein kurioser Freigeist ist mir das«, erläuterte Don Serafino. »Der Unselige hält die Freiheit des Geistes für die Freiheit herumzuhuren.«

Bei der Gemeinde wartete man noch ein wenig auf Don Serafino, um das Programm der Feier für den nächsten Tag zu besprechen. Da er aber nicht kam, tauschten die versammelten Notabeln kurz ihre Ansichten aus: der Bürgermeister, der Gemeindesekretär, der Pfarrer Don Franco und die neuen Beisitzer, ein Landwirt und zwei Handwerker.
»Die Losung muß«, so hatte der Bürgermeister vorgeschlagen, »etwa die folgende sein: *Cisterna begrüßt den berühmtesten seiner Söhne*. Was halten Sie davon?« fragte er Don Franco.
Klein von Wuchs, dicklich und trotz seines jugendlichen Alters so gut wie kahl, stand der Pfarrer am Fenster, um die abendliche Kühle zu genießen. Er begnügte sich mit einem Lächeln.
»Ich werde mich später äußern«, sagte er. »Wie entwickelt sich denn dieser Streik der Straßenkehrer?«

»Und was meinst du?« fragte der Bürgermeister den Sekretär.
Der Gemeindesekretär, ein hagerer, dunkler, fast grünlich aussehender Mann mit Brille, der gerade damit beschäftigt war, die Abrechnungen in einem großen Registerband zu überprüfen, beachtete die Frage nicht. Die erst kürzlich ernannten drei Beisitzer saßen steif und befangen auf einem Sofa neben dem Schreibtisch des Bürgermeisters; sie suchten sich durch verstohlenes Augenzwinkern untereinander zu verständigen. Der älteste von ihnen, ein kleiner, dürrer Mann, machte in seinem vielfach ausgebesserten Rock einen kläglichen Eindruck. Er bat um Nachsicht dafür, daß er eine einfache Frage des Anstandes – wie er sich ausdrückte – aufwerfen müsse:
»Glaubt ihr nicht, daß wir wenigstens denen den freundschaftlichen Rat geben sollten, sich von der Festlichkeit fernzuhalten, die seinerzeit den Lehrer Cipriani der Polizei anzeigten und ihn verhaften ließen?«
»Schon, schon«, brummte der Bürgermeister, »natürlich. Was meint ihr dazu?« wandte er sich an den Sekretär und an den Pfarrer.
»Mein Lieber«, begann der Sekretär und schaute von seinem Verzeichnis auf, »wenn Sie zugeben ...«
Aber er unterbrach sich. Wenn er sprach, pflegte er den Kopf jäh zurückzuwerfen, als erwarte er eine Ohrfeige.
»Lassen wir das auf sich beruhen«, schloß er. »Ihr habt mich schon verstanden.«
Derselbe Beisitzer fuhr mit entschiedener Stimme fort: »Müßten nicht diejenigen fortbleiben, die das Gesuch unterzeichnet haben, daß Cipriani aus der Lehrerschaft ausgeschlossen werden sollte? Was meint ihr?«
»Ich glaub' schon«, sagte einer der Beisitzer.
Soweit war die Frage geklärt. Aber die Liste der Unerwünschten schien noch nicht abgeschlossen.
»Und die, die Steine auf ihn warfen, als er mit Handschellen gefesselt von den Carabinieri abgeführt wurde?« fügte der alte Beisitzer hinzu. »Ich weiß nicht, ob einer von euch sich der Szene entsinnt. Ich war zufällig dabei, weil ich mit meinem Esel von der Mühle ...«
Auch ein anderer Beisitzer war dabeigewesen und entsann sich:

»Hört schon auf«, hatte ein Carabiniere gerufen, »ihr trefft noch aus Versehen einen von uns.«
Der Bericht wurde schweigend aufgenommen. Es war peinlich, diese Dinge zu erörtern. Schließlich schaute der Gemeindesekretär abermals von seinem Rechnungsbuch auf und fragte mit gezwungenem Lächeln: »Wenn wir alle Unwürdigen ausschließen, wer wird dann, entschuldigt bitte, an der Zeremonie teilnehmen? Höchstens ein paar Tagelöhner, aber keiner von den besseren Leuten. Stimmt's?«
Nach einigen Augenblicken angestrengten Nachdenkens beschloß der Bürgermeister, auf jederlei Ausschließung zu verzichten.
»Wir leben jetzt in der Demokratie«, sagte er. »Und Demokratie bedeutet doch Gleichheit, oder nicht?«
Die Formel, die alle Skrupel, selbst dic des alten Beisitzers, behob, blieb jedoch Don Franco vorbehalten.
»Andrea Cipriani weiß«, so sagte er langsam mit gewichtiger Stimme, »bei der hohen gesellschaftlichen Stellung, die er sich errungen hat, genau, daß die vornehmste Rache im Verzeihen besteht.«
Der Bürgermeister fand diese Formel außerordentlich pakkend. Nachdem er Don Franco ersucht hatte, sie zu wiederholen, notierte er sie sich auf einem Stück Papier, um sie in seine Festrede einzuflechten.
»Willst du die Wirkung noch steigern, mußt du die Worte Garibaldi zuschreiben«, riet der Sekretär. »Du wirst erleben, wie sie Beifall klatschen.«
Abgesehen davon, daß Don Serafino seine Ansicht nicht ausgesprochen hatte, hielt der Bürgermeister nunmehr alle einigermaßen wichtigen Fragen für geregelt; er hatte nicht mit dem praktischen Sinne des Pfarrers gerechnet.
»Wir haben kaum den rednerischen Teil erledigt«, beteuerte in der Tat Don Franco. »Verzeihung, jetzt kommen wir erst zur Hauptsache. Ist es euch entgangen, welchen Vorteil manche der abgelegensten Dörfer daraus zogen, daß sie Männer hervorgebracht hatten, die zur politischen Macht gelangt sind?«
Don Franco entnahm seiner Ledermappe ein mit Schriftstükken vollgepfropftes Aktenbündel mit der Aufschrift: *Projekte.* Jeder begriff sofort, worauf er hinauswollte.

»Halten Sie es für geraten«, fragte ihn der Bürgermeister, »Andrea Cipriani gleich bei seiner Ankunft mit dergleichen Fragen zu behelligen? Wäre es nicht klüger, zunächst einmal seine Sympathie zu gewinnen?«

»Es ist unnötig, Zeit zu verlieren«, entgegnete der Pfarrer mit Nachdruck. »Wir müssen das Eisen schmieden, solange es heiß ist.«

»Auch ich bin für Eile«, bemerkte der Sekretär. »Man weiß nie, wie lange politische Mehrheiten sich halten.«

Da einer der jungen Beisitzer bei diesen Worten die Brauen zusammenzog, beeilte er sich hinzuzufügen: »Leider.«

Inzwischen hatte Don Franco sein Bündel geöffnet und breitete seine Schriftstücke auf dem Tisch aus.

»Die Würde, um nicht zu sagen die Ehre unserer Gemeinde erheischt vor allen Dingen die Errichtung eines Denkmales für die Gefallenen, und zwar auf Staatskosten. Ich hoffe, ihr seid damit einverstanden, daß dies Anliegen als das dringlichste vorgebracht wird.«

»Ein Drittel der Bevölkerung haust in Höhlen und Baracken«, warf der alte Beisitzer ein.

Don Franco hatte mit diesem Einwand gerechnet und hielt seine Antwort bereit.

»Die gesitteten Völker«, erwiderte er mit fester Stimme, »erkennt man an dem Vorrang, den sie der Ehrung der Toten einräumen. Ist es nicht eine Schande, daß Cisterna noch kein Denkmal für seine Gefallenen besitzt? Wir alle sollten uns schämen.«

»In keiner der umliegenden Gemeinden habe ich ein derartiges Denkmal gesehen«, antwortete der Beisitzer.

»Um so mehr Grund dafür, daß Cisterna ihnen vorangeht und sie damit aussticht«, sagte Don Franco triumphierend. »Ihr Neid wird unsere Überlegenheit besiegeln.«

»Ein überzeugendes Argument«, gab der Sekretär grinsend zu.

»Man schlägt uns da ein Denkmal für die Gefallenen vor«, sagte einer der jungen Beisitzer. »Gut, aber für welche Gefallenen? Für die Gefallenen der Freiheit?«

Der Bürgermeister sperrte den Mund auf und sah Don Franco an.

»Ich beabsichtige nicht, mich auf politische Streitigkeiten einzulassen«, erklärte der Pfarrer trocken.

Der Beisitzer beharrte bei seiner Meinung:

»Man kann doch unmöglich den Gefallenen ein Denkmal setzen, ohne klarzustellen, welchen Gefallenen.«
»Auch diese Schwierigkeit habe ich vorausgesehen«, sagte der Pfarrer nach kurzer Verlegenheitspause. »Um sie zu umgehen, habe ich ein allegorisches Denkmal ersonnen. Was würdet ihr zu einer Marmorgruppe sagen: die Ehre, die den Opfermut küßt?«
»Welchen Opfermut?« fragten die drei Beisitzer wie aus einem Munde.
»Die Idee des Opfermutes«, erwiderte Don Franco ganz rot im Gesicht. »Die Idee, das heißt der Begriff. Die Idee faßt alle Arten zusammen.«
Da aber machte der Sekretär einen gewichtigen Einwand geltend.
»Du würdest also ein derartiges Denkmal auf einem öffentlichen Platz zur Schau stellen?« fragte er empört. »Vielleicht sogar vor der Pfarrkirche? Ach, Don Franco, dein Mangel an Phantasie ist erstaunlich. Um die Ehre darzustellen, die den Opfermut küßt, wäre der Bildhauer gezwungen, eine Frau zu schaffen, die dabei ist, einen Mann zu küssen. Hast du daran nicht gedacht? Mehr als das. Da es sich um keinen Film handelt, sondern um unbeweglichen Stoff, wird der Kuß von unbeschränkter Dauer sein. Ist dir das klar? Zu jeglicher Stunde bleibt diese Frau dabei, einen Mann zu küssen, bei Tag und Nacht, unter der Sonne und im Schnee, ohne auch nur einen Augenblick auszusetzen. Wirklich ein schönes Beispiel für die kleinen Mädchen, die bei dir den Katechismus lernen.«
»Ganz dazu angetan, einem Mann mit den besten Vorsätzen die Idee des Opfermutes zu verekeln«, sagte der Bürgermeister mit einer Gebärde vorgeschützter Übelkeit.
Rot im Gesicht, beeilte der Pfarrer sich, eine Änderung vorzuschlagen.
»Die Ehre könnte das Haupt des Opfermutes mit mütterlicher Gebärde liebkosen oder ihm von mir aus einfach zulächeln.«
Von sehr anderer Art war der Einwand, den der alte Beisitzer erhob. Seiner Meinung nach hatte die Ehre sich überhaupt um den Opfermut nicht zu kümmern, ja ihn nicht einmal anzusehen, solange er sich nicht zugunsten der armen Leute betätigte, die immer noch in Höhlen und Baracken wohnten.

»Mein zweites Projekt wird dem Wohle des Volkes gewidmet sein«, sagte Don Franco, nunmehr versöhnlicher gestimmt.
Er zog aus seiner Ledermappe ein zweites Aktenbündel heraus, um es vorzulegen.
»Aber womöglich schwatzen wir hier sinnlos ins Blaue hinein«, unterbrach ihn plötzlich der alte Beisitzer und erhob sich. »Woher wißt ihr so sicher, daß Andrea Cipriani auf unsere Vorschläge eingehen wird?«
Diese in sozusagen herausforderndem Tone gesprochenen Worte wirkten auf Don Francos feurigen Tätigkeitsdrang wie eine kalte Dusche. In der Hoffnung, der Bürgermeister werde diesem schwarzseherischen Zweifel entgegentreten, so daß er mit seinen weiteren Plänen herausrücken könnte, sah er sich im Kreise um. Aber der Bürgermeister setzte eine finstere Miene auf.
»Ich verschweige euch meine Bedenken nicht«, sagte er. »Wir dürfen nicht vergessen, daß Cipriani zwölf Jahre fort war. Morgen kommt er zum ersten Male nach Cisterna zurück. Inzwischen war er im Gefängnis, war interniert und Partisan. Wie können wir seine Absichten voraussehen?«
»Dann verstehe ich nicht, weshalb wir hier unsere Zeit verlieren«, rief Don Franco erzürnt.
»Wir wollen auf Don Serafino warten«, sagte der Bürgermeister. »Vielleicht weiß er mehr als wir. Ich glaube annehmen zu dürfen, daß er mit Cipriani in Briefwechsel gestanden hat.«
»Also bis morgen. Auf Wiedersehen«, sagte der Pfarrer beleidigt. Hastig raffte er seine Papiere zusammen, erhob sich und ging. Und da es schon Zeit zum Abendessen war, folgten ihm die drei Beisitzer auf dem Fuße.
»Unter uns«, wandte der Gemeindesekretär sich an den Bürgermeister, nachdem er sich vergewissert hatte, daß niemand zuhörte, »weißt du, unter uns gesagt, etwas von den politischen Idealen dieses Exlehrers Cipriani?«
»Wenn ich recht verstehe, ist er ein sogenannter Menschheitsbeglücker.«
Der Sekretär erstickte fast vor Lachen.
»Wirklich«, sagte er. »Also, unter uns gesagt, ein ausgemachter Narr.«
»Ein ausgemachter Narr«, bekräftigte der Bürgermeister.

4

Kaum war Don Serafino von der Frühmesse heimgekehrt, als es an seine Tür pochte. Die Magd ging nachsehen. Auf der Schwelle stand ein junger Mann, den sie nicht sogleich erkannte. Schlank und hochgewachsen, mit einer Baskenmütze, in Hemdsärmeln und kurzen Hosen, war er von Kopf bis Fuß mit Staub bedeckt, wie jemand, der einen weiten Weg zurückgelegt hat. Im übrigen trug er eine Miene zur Schau, die eine gewisse Anmaßung verriet. Der Mann war mit einem Motorrad gekommen, das er an die Mauer gelehnt hatte. Auf dem Gepäckständer hinter dem Sitz war ein kleiner Koffer angeschnallt.

»Wen soll ich melden?« fragte die Magd. »Ich muß Ihnen allerdings sagen, daß man nicht so im Hause eines Geistlichen erscheint.«

»Andrea Cipriani«, sagte der Mann lächelnd.

Die Überraschung der Dienstmagd wich der Don Serafinos, der herbeigerannt kam, als er den Namen gehört hatte.

»Welch freudige Überraschung«, rief er fröhlich. »Wir erwarteten dich erst zu Mittag. Warst du schon auf dem Rathaus? Nur herein, herein; wie du vielleicht wissen wirst, haben sich in der Gemeindeverwaltung deine Freunde eingenistet.«

»Freunde?« antwortete Andrea mit schallendem Gelächter. »Ich bin begierig zu erfahren, wer da alles ist, ehe ich ihnen ins Gesicht sehe. Ich bin nämlich absichtlich früher gekommen, um mich zu erkundigen, was für eine Art von Folter ihr mir hier zugedacht habt.«

»Und mir traust du?« fragte der Priester im Tone freundlichen Spottes. »Setz dich jetzt, wir werden beim Kaffee plaudern. Wieviel Jahre warst du fort? Rechnen wir einmal nach.«

»Um die Wahrheit zu sagen«, meinte Andrea nachdenklich, »trau' ich dir, gerade weil ich dich genau kenne, keineswegs in allen Dingen. Ich weiß, daß du nie etwas von Politik verstanden hast und von Natur eher ein armer kleiner Reaktionär bist.«

»Sehr treffend geurteilt«, gab der Priester zu. »Danke. In

Anbetracht der Zeiten sehe ich dein Urteil sogar als Kompliment an.«
»Aber ich kenne dich auch als aufrichtigen, redlichen Freund und weiß, daß du nie ein Opportunist warst«, fügte Andrea hinzu. »Und in Anbetracht der Zeiten, um mit deinen Worten zu reden, sind das nicht ganz häufige Vorzüge.«
»Setz dich und laß die Sprüche«, sagte der Priester, »der Kaffee wird gleich fertig sein. Von der heutigen Feier zu Ehren deiner Heimkehr läßt sich kurz und bündig sagen: Sie steht im Zeichen des Lokalpatriotismus.« Er hatte diese Worte mit einer Art von ironischer Begeisterung vorgebracht.
»Bah, ich hasse jeden Patriotismus«, sagte Andrea angewidert. Die Leute interessieren mich mehr. Sag mir lieber, wer mir alles vor die Füße laufen wird.«
»Natürlich wird ganz Cisterna zugegen sein«, erklärte der Priester. »Es ist schließlich dein Heimatdorf, du kennst es ja.«
»Du weißt doch, daß ich viele Jahre fort gewesen bin.«
»Verlaß dich darauf, daß nichts sich geändert hat. Du wirst manchen Schuft hier finden, hier und da sogar eine ehrenwerte, wenn auch törichte Persönlichkeit, im übrigen die gewohnte Mehrheit von Schafen. Um diese armen Leute noch mehr zu verdummen, sind inzwischen das Kino und der Rundfunk zur allgemeinen Schulpflicht hinzugekommen. Wahrlich Grund genug, sich nach dem Analphabetentum zurückzusehnen. Die Armen? Laß dir nichts vormachen. Sie haben weder den Ernst noch die Härte für eine Revolution ... Aber ich sehe, daß meine Beschreibung dich nicht befriedigt. Du selber hast es ja eben gesagt: Ich habe nie viel von Politik verstanden.«
»Wer sitzt jetzt in der Gemeindeverwaltung?«
Die Antwort ließ ein wenig auf sich warten. Der Priester biß sich auf die Zunge.
»Ich kann dir nicht sagen, was ich von ihnen denke«, antwortete er endlich. »Womöglich würde ich ungerecht sein. Da die Gemeindeverwaltung deinen Beistand braucht, müßte ich fürchten, dem Ort zu schaden, wenn ich von diesen Leuten schlecht spräche. Und daß Cisterna dringend Hilfe benötigt, wirst du schon bei deiner Ankunft gemerkt haben. Macht dir das nichts?«
Andrea schnitt eine Grimasse.

»Ich sehe, daß der Lokalpatriotismus auch dich angesteckt hat.« Die Magd brachte den Kaffee. Es entstand eine kurze Gesprächspause. Die Augen der gelblichen, verkrümmten alten Jungfer leuchteten vor Freude über das Wiedersehen mit Andrea. In der Eile hatte sie vergessen, zwei Haarwickel an den Schläfen zu entfernen.
»Don Andrea«, hauchte sie.
Aber Andrea verbat sich den *Don*. »Ich bin kein Geistlicher«, sagte er.
»Wenn ich bedenke«, sagte sie, »daß ich dich als Kind oft auf dem Schoß gehalten habe.«
»Ich wette, daß du das heute nicht mehr wagen würdest«, antwortete Andrea ernst.
»In meiner Gegenwart?« schalt der Priester mit gespielter Entrüstung, »in meiner Gegenwart macht ihr euch derartig freche Anträge?«
In ihrer Erregung schüttete die Magd einen Teil des Kaffees auf die kurzen Hosen des Gastes. Ihre Verwirrung steigerte sich zu einer Art von Delirium.
»Schadet nichts«, sagte Andrea lachend. »Sie sind sowieso dreckig.«
»Für die Feier mußt du dich umziehen«, mahnte Don Serafino. »Und nun sag mir, was du eigentlich vorhast.«
Andrea antwortete nicht sogleich. Er betrachtete die Titel der Bücher auf einem Gestell: Sankt Justin, Sankt Camillus de Lellis, Sankt Johann von Capestrano und der heilige Gabriel von der Schmerzensmutter ... Das Zimmer war klein, ärmlich und stickig.
»Verbringst du hier deine Tage«, fragte er den Priester. »Man kann ja kaum atmen.«
»Gewiß, ich bin doch kein Nomade«, antwortete Don Serafino. »Wir wollen keine Zeit verlieren. Bevor ich dir die wirklichen Bedürfnisse von Cisterna auseinandersetze, möchte ich dir ein trauriges Schicksal ans Herz legen.«
»Was? Eine Empfehlung?« unterbrach Andrea.
»Jawohl«, sagte der Priester, »es handelt sich um einen Fall, der tatsächlich deine Teilnahme verdient.«
»Tut mir leid«, sagte Andrea. »Ich habe mir geschworen, mich um Privatangelegenheiten nicht zu kümmern. Ich weiß sehr wohl, daß es besonders bedauerliche Fälle gibt, doch

müssen die dafür zuständigen Personen Abhilfe schaffen, je nach der Lage die Bürgermeister, die Advokaten, die Ärzte, die Hebammen und die Pfarrer. Sei mir nicht böse, aber meine Auffassung vom Politiker weicht ganz von der deinigen ab. Meiner Ansicht nach hat der Politiker Probleme der Allgemeinheit zu erforschen und zu lösen, nicht aber persönliche Begünstigungen zu gewähren.«

Don Serafino lächelte.

»Bravo«, sagte er. »Herzlichen Glückwunsch. Wie lange wirst du aber diesen gesunden Grundsätzen treu bleiben?«

»Ein Mann wie du sollte mich nicht entmutigen.«

»Ich wiederhole dir, daß ich dich bewundere«, fuhr Don Serafino in verändertem Ton fort. Er war plötzlich sehr ernst geworden. »Aber wenn du wüßtest, mein Junge, was ich für Vorsätze hegte, als ich zum Priester geweiht wurde.«

»Wenn es mir nicht möglich sein sollte, meinen Grundsätzen treu zu bleiben, werde ich jeden Gedanken an eine politische Laufbahn aufgeben«, sagte Andrea fest.

»Das traue ich dir nicht zu«, beeilte sich der Priester festzustellen. »Aber ich will dich nicht weiter drängen. Bevor ich jedoch das Thema fallenlasse, will ich dir zugeben, daß ich mich falsch ausgedrückt habe. Dadurch habe ich nicht nur dir heilige Gefühle verletzt, sondern auch den Menschen verkleinert, von dem ich erzählen wollte. Der ist, sei versichert, kein Bittsteller, den man empfiehlt und begünstigt, um ihn entweder loszuwerden oder bei den Wahlen eine Stimme mehr zu haben. Im Gegenteil. Er steht dir an Stolz und Selbstbewußtsein in keiner Weise nach. Was soll ich sonst noch sagen? Obwohl ich von hier gebürtig bin, ist der Mann auch für mich immer ein Rätsel geblieben. Ohne Übertreibung, für den größten Teil meines Lebens ... halt, da fällt mir eben ein, daß er von Jugend auf der beste Freund deines Vaters gewesen ist. Ach, wenn doch dein Vater noch lebte. Weder er noch ich würden es anderen überlassen, für diesen Mann in dem Zustand der Not zu sorgen, in dem er sich nun befindet.«

»Wie heißt er?« fragte Andrea.

»Du kannst ihn nicht kennen«, sagte der Priester. »Ebensowenig wie die heutigen Einwohner von Cisterna, abgesehen von fünf oder sechs alten Leuten. Wann bist du denn geboren? Kurz und gut, er ist ein paar Jahre vor deiner

Geburt unter dem Verdacht des Mordes und des Raubes verhaftet worden. Auf Grund einiger gegen ihn sprechender Indizien wurde er zu Zuchthaus verurteilt. Ich kann dir heute unmöglich schildern, was der entsetzliche Prozeß damals für viele von uns bedeutet hat. Alles war so geheimnisvoll, besonders auch die Haltung des Angeklagten, der es ablehnte, sich zu verteidigen. Aber vor einigen Monaten hat ein Mann aus Perticara hier in der Nähe vor dem Tode seine Schuld eingestanden und mit überzeugenden Beweisen belegt. Folglich wurde der Unschuldige nach vierzig Jahren Zuchthaus freigelassen und ist ohne einen roten Heller Entschädigung hierher zurückgekehrt.«

Andrea fuhr auf. In seinem Gesicht zuckte es.

»Du sprichst doch nicht etwa von Luca Sabatini?« fragte er.

»Ja. Wie hast du den Namen erraten?«

»Luca ist hier? Wo? Kann ich ihn sprechen? Ich bitte dich, Don Serafino, laß mich gleich zu ihm bringen ... Es ist wahr, ich habe ihn nicht gekannt, doch du wärest sehr erstaunt, wenn ich dir berichten würde, welche Rolle er in meinem Leben gespielt hat.«

5

»Ich kann dir nicht einmal einen Stuhl anbieten«, entschuldigte sich Luca.

»Ich bin nicht müde«, sagte Andrea lächelnd.

Luca rückte einen großen Stein heran, um dem Gast einen Sitz zu schaffen. Unter dem Stein wurde ein Gewimmel von Ameisen sichtbar, die nach allen Seiten ausschwärmten.

»Wir werden dir ein besseres Quartier besorgen«, sagte Andrea eifrig.

»Das eilt durchaus nicht«, sagte Luca. »Während der schönen Jahreszeit lebt es sich auch hier ganz gut.«

Eine Laterne hing an einem Eisendraht von einem Balken herab. Als Tisch diente eine Kiste, auf der ein halber Laib Brot, eine Zwiebel und zwei Tomaten lagen. Ein großer Strohsack war auf dem steinernen Fußboden ausgebreitet. Luca holte aus einer Wandnische eine Flasche Wein und eine Tasse, die er für den Gast füllte. Seine Hand zitterte beim Einschenken.

»Trink«, sagte er. »Kennst auch du die Lust am ersten Glase heimischen Weines, wenn man aus dem Kerker kommt? Und die Erregung, die einen befällt, wenn man zum ersten Male das Feuer mit eigenen Händen entzündet?« Seine Augen leuchteten.

»Sein Leben lang das Brot des Staates essen«, sagte Andrea. »Wie ekelhaft, wie erniedrigend für einen so lebenskräftigen Menschen, wie du einer bist.«

»Was kann man da machen«, sagte Luca. »Auch mit dir ist das Schicksal ja nicht eben glimpflich umgesprungen. Wundere dich nicht, Andrea, ich weiß viel von dir. Ein Häftling aus Celano hat mir in Civitavecchia von dir gesprochen. Seitdem wartete ich auf dich.«

»Wo? Im Zuchthaus?«

»Ja. Ich glaubte zu verstehen, daß auch du als ein Gezeichneter geboren bist.«

»Gezeichnet? Vielleicht, aber nicht von Geburt«, stellte Andrea richtig. »Eher möchte ich sagen: vom Leben, wenn auch schon in jungen Jahren. Merk auf, Luca«, fügte er ernst hinzu, »diese Geschichte geht dich an.«

»Mich?« fragte Luca.
Nach einer Pause fuhr Andrea fort:
»Als Don Serafino vor kurzem mit mir über dich sprach, kam mir seine Mitteilung unverhofft. Jetzt aber, bei unserem Zusammentreffen, habe ich das Gefühl, als hätte ich mein ganzes Leben lang darauf gewartet. Es gibt da eine Geschichte, die ich seit meinen Jünglingsjahren mit mir herumschleppe, und du allein kannst sie verstehen.«
»Hat dir vielleicht dein Vater von mir erzählt?« fragte Luca. »Wir waren große Freunde, weißt du das nicht?«
»Nicht er allein. Als ich ein Kind war, sprachen noch viele Leute in Cisterna von dir. Viele Jahre waren vergangen, noch manches blutige Geschehen hatte sich zugetragen, aber immer noch meinte man deine Verurteilung, wenn man ›der Prozeß‹ sagte. Aber natürlich verstummten diese Gespräche in der Anwesenheit von Kindern. Dafür hat Teresa, deine Mutter, ausführlicher mit mir darüber gesprochen. Die arme Alte kam nicht davon los. Sie glich der Schmerzensreichen, der man den Sohn genommen hat. Man kann sagen, daß ihr Leben am Tage deiner Verurteilung gleichsam stehenblieb.«
Bei diesen Worten traten Luca Tränen in die Augen. »Schon in ihren ersten Briefen«, sagte er, »ließ sie mich wissen, daß sie in eurem Hause arbeitete.«
»Aber nicht als Dienstbote«, erläuterte Andrea, »das Unglück hatte ihr nicht den Stolz gebrochen. Für meinen Vater war sie die Mutter seines besten Freundes. Laß mich ein wenig über diese Zeiten nachsinnen.«
»Setz dich und erzähle mir von ihr. Sag, sang sie noch zuweilen? Als ich daheim war, sang sie immer, wenn sie die Wäsche wusch oder den Teig knetete.«
»Wohl, des Abends, um meinen kleinsten Bruder einzuschläfern«, antwortete Andrea. »Es waren sehr sanfte, sehr schwermütige Weisen, die sie vielleicht selber erfand, denn meine Mutter behauptete, nie ähnliche gehört zu haben.«
Luca verbarg das Gesicht in den Händen.
»Entschuldige«, sagte er. »Mach dir nichts daraus. Wenn du trotz deiner jungen Jahre noch andere Erinnerungen an sie bewahrt hast, so bitte ich dich, erzähle sie mir, auch wenn sie traurig sind. Ich darf mir gewiß nicht einbilden, daß meine Tränen die Leere von vierzig Jahren ausfüllen.«

»Ich besuchte die dritte Volksschulklasse, war also acht oder neun Jahre alt, als deine Mutter deinen ersten Brief erhielt.«

»Das war am Ende der Einzelhaft«, erklärte Luca, »einer Art Grab. Solange durfte ich nicht schreiben.«

»Wie du weißt, hat deine Mutter, soviel klüger als die meisten Frauen ihres Standes sie auch war, nie eine Schule besucht und hatte weder Lesen noch Schreiben gelernt.«

»Ja, das kam damals nicht selten vor. Wenn Mädchen Lesen und Schreiben lernten, galt das nicht gerade als Sünde, aber doch als Leichtfertigkeit. Was eine Frau aus dem Volke wissen sollte, waren einige Gebete, und hierfür genügte das Gedächtnis.«

»Ich hatte deine Mutter sehr liebgewonnen«, fuhr Andrea fort. »Meine Angehörigen bestärkten mich in meiner Zuneigung. So verbrachte ich einen großen Teil meiner freien Zeit mit ihr. Der Vater nannte uns die *Verlobten*. Ich entsinne mich heute noch, wie sie deinen ersten Brief empfing. Es war an einem Abend. Ich hielt mich allein in der Küche auf, als deine Mutter mit dem Wasserkrug auf dem Kopf vom Brunnen zurückkam. Sie stellte ihn in der Nische ab. Dann zog sie einen Brief hervor, den sie, wie damals üblich, im Mieder verwahrte, und bat mich leise, ihn ihr vorzulesen und ihr dann die Antwort zu schreiben. Das war ein Beweis des Vertrauens, eine Ehre, auf die ich stolz war. Aber es müsse, erklärte sie mir, ohne Wissen anderer geschehen, auch meiner Eltern. Nur mir, einem unschuldigen Kinde, wollte sie ihren Kummer anvertrauen. Ich sagte ohne weiteres zu.

Sicherlich war sich deine Mutter über die Tragweite ihres Ansinnens nicht im klaren; auch ich konnte nicht ahnen, wie tiefe Spuren dieser Briefwechsel in mir hinterlassen würde. Erlaub mir, Luca, daß ich es dir jetzt schon sage, dies bleibt eines meiner großen Erlebnisse. Womöglich sogar das entscheidende, ich übertreibe nicht. Es bedeutete für mich den vorzeitigen Bruch mit der Kindheit, die erste Begegnung mit dem Leid des Lebens. Bedenke, daß mir in diesem Alter das Lesen und Schreiben noch ziemlich schwerfiel; hinzu kam das Erregende des Geheimnisses. Jeden Brief mußte ich, ehe er zur Post ging, schreiben und mehrfach abschreiben. Deine

Mutter diktierte mit leiser, vorsichtiger Stimme. Ich weiß nicht, ob ich je wieder einen so verhaltenen Ton gehört habe. Sie sprach nicht, sie flüsterte. Sie murmelte einen Satz, dachte nach und verbesserte sich. In ihrer Verzweiflung sprach sie mit mir wie mit einem Erwachsenen, verwandte geheimnisvolle Worte und erging sich in unverständlichen Anspielungen. Diese Worte, diese Seufzer kündeten mir eine Welt an, von der ich noch nichts wußte. Gewiß ließ sie nicht außer acht, daß ich noch ein Kind war; gleichwohl sprach sie mit mir, weil sie, glaube ich, jemanden brauchte, dem sie sich mitteilen konnte, so wie ein Geschöpf im Übermaß des Kummers mit seinem Hunde sprechen mag, sogar mit einer Pflanze. Sie weinte oft, dann suchte sie ihr Schluchzen mit dem Taschentuch im Munde zu ersticken. Wenn ich die Wahrheit sagen soll, mir kam es doch etwas seltsam vor, daß ein so ausgeglichener und so gewissenhafter Mensch wie deine Mutter mich ohne Wissen meiner Eltern für diesen schwerwiegenden Briefwechsel auserwählt hatte. Eines Tages gestand ich ihr meine Verlegenheit. ›Glaubst du, daß Luca unschuldig ist?‹ fragte Teresa. ›Sicherlich‹, antwortete ich. ›Nun wohl, die anderen halten ihn für schuldig‹, fügte sie hinzu. ›Für schuldig des Mordes und sogar noch anderer Dinge, jedenfalls für schuldig. Das ist der Grund, weswegen ich mich nicht an sie wenden will.‹«

»Du warst von meiner Unschuld überzeugt? Wie das? Und weshalb?« fragte Luca.

»Ich war meiner Sache sicher«, antwortete Andrea. »Aber wie und warum, wüßte ich dir nicht zu erklären. Deine Mutter hatte eine Art, deine Unschuld zu beteuern, die keinen Zweifel ließ. Selten habe ich später im Leben ein gleiches Gefühl völliger Gewißheit verspürt. Wollte ich dir dies Gefühl beschreiben, wie ich mich heute als Erwachsener ausdrücken kann: Damals habe ich zum ersten Mal wirklich und eindringlich erfahren, wie eine seelische Gewißheit sich überträgt. Aber aus dieser Gewißheit erwuchs mir ein ernstes Problem. ›Wenn Luca unschuldig ist‹, fragte ich Teresa, ›weshalb haben sie ihn dann verurteilt?‹ – ›Es ist ihm nicht gelungen, seinem Geschick zu entgehen‹, antwortete sie. Das Wort *Geschick* verlieh der Ungerechtigkeit einen fürchterlichen Sinn: sie wurde dadurch in gewisser Hinsicht natürlich. Da ich weder bei meiner Mutter noch beim Pfarrer und beim Schullehrer bösen Willen voraussetzen konnte, begann ich anzunehmen, daß die Ungerechtigkeit nicht von den guten oder schlechten Anlagen der Menschen abhängen könne. Die Grausamkeit war eben einfach da wie ein Unwetter. Wie konnte es dann noch als schimpflich gelten, ins Gefängnis zu kommen? Hing auch die Ehre vom Schicksal ab? Mein kleines Gehirn quälte sich mit törichten Grübeleien ab. Ich war ja noch ein Kind, doch schon ahnte ich, wie es auf der Welt zuging. Dies hatte mir als erste Warnung gedient. Als mir später gewisse Dinge zustießen, wunderte ich mich nicht. Ich hatte es nicht anders erwartet. Wie soll ich dir aber heute meine damalige Verstörtheit beschreiben? Wenn ich diese eigentümliche Lage mit meinem jetzigen kritischen Verstand überdenke, so könnte deine Mutter vielleicht noch andere Gründe gehabt haben, eher einem Knaben die Beantwortung deiner Briefe anzuvertrauen als einem Erwachsenen. Ich möchte damit sagen, daß wahrscheinlich gewisse Mitteilungen und Gedanken, die sie mir diktierte, ohne daß ich sie verstand, bei einem Älteren hätten Verdacht erregen können. Doch dieser Zweifel kam mir damals überhaupt nicht zum Bewußtsein; alles in allem habe ich es trotz mancher Ängste und Drangsale, die sich für mich daraus ergaben, als Gunst des Schicksals empfunden, daß ihre Wahl auf mich gefallen war. Das Geheimnis wahrte ich gewissenhaft. Ich fühlte, daß es einen furchtbaren, mir unbekannten Schlüssel zum Dasein in sich barg und daß die Vertrautheit damit mich über meine Altersgenossen hinaushob. Ich war kein beliebiges Schreiberlein, sondern in eine richtige Verschwörung verwickelt, gemeinsam mit einem Zuchthäusler und mit seiner Mutter. Noch heute könnte ich dir viele Stellen aus unserer Korrespondenz auswendig hersagen.«

»Ich entsinne mich gut an die kindliche Schrift«, sagte Luca. »Aber nie hätte ich all das für möglich gehalten. Ich erinnere mich auch, daß viele Sätze von der Zensur gestrichen waren.«

»Einmal fragtest du deine Mutter nach dem Namen des Schreibers. Wenn ich heute daran denke, möchte ich meinen, daß du hinsichtlich seiner Verschwiegenheit beruhigt werden wolltest.«

»Ich erhielt aber nie eine Antwort.«
Andrea lächelte.
»Auch wir waren ja an die Geheimhaltung gebunden, verstehst du. Ich hätte dir noch soviel zu erzählen. Du mußt dir vergegenwärtigen, daß ich noch nie von zu Hause fort gewesen war und keine Gelegenheit gehabt habe, Briefe zu schreiben. Diese an einen Zuchthäusler gerichteten waren also die ersten. Mein Herz pochte wild, wenn ich sie schrieb und abschrieb. Bald darauf gab ich den Verkehr mit den anderen Knaben auf. Die kindlichen Spiele im Kiesbett des Flusses lagen hinter mir wie ein Land, das man verlassen hat. Es war das unschuldige Land des Weihnachtsmannes und der Gärten, in denen die Mütter die Neugeborenen finden. Ich begann auch, meine Schularbeiten zu vernachlässigen, die mir im Vergleich zu der heimlichen Verpflichtung nichtig erschienen. Jeder Brief beschäftigte mich mehrere Tage. Außer den monatlich an dich adressierten waren da noch andere, die stets mit deiner Sache zu tun hatten. Für einen Jungen in der dritten Volksschulklasse war es nicht leicht, den richtigen Ausdruck für alles zu finden, was deine Mutter mir im Dialekt erzählte, über sich, über die Schulden, die bezahlt werden mußten, über die Bittgesuche, die für dich an den König gerichtet wurden, an die Königinmutter, an den Herzog der Abruzzen, an den Papst, an die Tochter des Generals Garibaldi. Die arme Frau glaubte zwar an das Schicksal, schloß aber die Gnade nicht aus, weder die Gnade Gottes noch die der Mächtigen dieser Erde. Das einzige, woran sie so wenig glaubte, daß sie auch nicht einen Hauch ihres Atmens daran verschwendet hätte, war die Gerechtigkeit. So verbrachten wir manchen Tag unsere freie Zeit in geheimen Beratungen. Meist ging ich hierzu in euer Haus, um nicht gestört zu werden. Natürlich war ich auch der unentbehrliche Mittler für alle Briefe an die Behörden. Unter das von mir mühselig redigierte Blatt setzte deine Mutter ein Kreuz. Ich wußte schon, daß dies die übliche Unterschrift der Analphabeten war; aber hätte man sich ein besser für deine Mutter passendes Zeichen vorstellen können, auch wenn dies nicht der Brauch gewesen wäre? Ein kleines Kreuz. Gibt es eine zutreffendere Unterschrift? Ich entsinne mich, wie im Jahr darauf Don Serafino von mir bei der Prüfung im

Katechismus unter anderem den Sinn des Kreuzes erklärt haben wollte. ›Es gemahnt uns an das Leiden unseres Herrn‹, antwortete ich, ›es ist ferner das Zeichen, mit dem die Unglücklichen unterschreiben.‹ Der Pfarrer bemerkte, daß die Antwort zwar nicht falsch sei, daß es mir aber nicht zustehe, die Antworten im Handbuch der Christlichen Lehre abzuändern. Ich entsinne mich auch des tiefen Eindrucks, den mir im Verlauf des Unterrichts das Wort *Offenbarung* gemacht hat, als Don Serafino es uns erläuterte. Es bedurfte für mich einer gewaltigen Selbstbeherrschung, um nicht die Offenbarung Teresas über die Ungerechtigkeit der Welt herauszuschreien ... Aber vielleicht langweile ich dich«, sagte Andrea. »Was bedeuten all diese Kindereien im Vergleich zu deiner Lage?«

»Ich beschwöre dich, fortzufahren«, sagte Luca gerührt. »Für mich ist es sehr wichtig, was du mir erzählst. Glaub mir bitte.«

»Ich weiß nicht«, sagte Andrea, »ob es für dich wirklich einige Bedeutung haben kann. Was mich anlangt, so scheint mir beim Sprechen, als werde mir der Sinn meines Lebens endlich deutlicher. Ich war von Natur ein schüchternes Kind, sehr anfällig für grundlose Depressionen. Ich möchte gerade auf diesen Punkt hinweisen, um nicht deiner Mutter irgendwelche Verantwortung aufzubürden. Im Gegenteil müßte ich, von heute aus gesehen, ihr Verdienst hervorheben. Durch sie entdeckte ich zum ersten Male den doppelten Boden, auf dem unser Dasein beruht. Daher mein Trieb, um nicht zu sagen, meine Besessenheit, immer herauszufinden, was eigentlich hinter den Dingen steckt. Doch muß ich gestehen, daß ich bei diesen Erinnerungen nicht genau weiß, ob gewisse wirklich erlebte Tatsachen in andere übergehen, die nur gewünscht oder geträumt wurden. Das Geheimnis vergrößerte und verzerrte alles, was es verbarg. Die Folge war ein Leben für sich, das neben der banalen Alltäglichkeit der Mitwelt einherlief. Im Lauf der Monate wurde ich immer einsamer und immer verdüsterter. Seltsame Gedanken beunruhigten mich. So entdeckte ich das Leid der schlimmsten Einsamkeit, die Trauer, die den befällt, der die Ursachen der inneren Nöte nicht seinen Lieben mitteilen kann. Weder mein Vater noch meine Mutter noch mein Bruder hatten die leiseste

Ahnung davon, was mich bedrückte. Wenn sie sich irgendwie bemühten, mich durch Scherze zu erheitern, erzielten sie fast immer das entgegengesetzte Ergebnis, Gekränktheit und Tränen. Meine nicht eben häufigen Versuche, ihnen näherzukommen, endeten nicht besser. Als wir eines Morgens am gemeinsamen Tisch unseren Milchkaffee einnahmen, erzählte ich, daß ich schlecht geschlafen hatte und mit schmerzenden Pulsadern erwacht war. ›Mir ist so‹, sagte ich, ›als seien sie mir lange von Handschellen zusammengepreßt worden.‹ Dies Bild mochte wunderlich genug gewählt sein, doch verging geraume Zeit, bevor ich meinen Angehörigen das allgemeine Gelächter verzieh, mit dem es aufgenommen wurde und das auf meine Kosten die Runde machte. Hielten sie mich etwa für unwürdig, Handschellen zu tragen? Eines Nachmittags war ich in meinem Stübchen allein, hingestreckt auf dem Bett, ohne etwas zu tun, als meine Mutter, deren Schritte ich nicht gehört hatte, plötzlich in der Tür auftauchte. Ein instinktives Gefühl der Furcht überkam mich. ›Was willst du?‹ schrie ich sie an. ›Was suchst du? Warum überwachst du mich?‹ Die Mutter war mit Recht entsetzt. Sie hielt ein kleines Geschenk für mich in der Hand und war gekommen, um es mir zu bringen. ›Was hast du denn?‹ fragte sie. ›Liebst du mich nicht mehr? Traust du mir nicht mehr?‹ Aber Vertrauen oder Güte waren nicht mehr entscheidend, wenn diese Gefühle nicht hinderten, daß Unschuldige ins Zuchthaus kamen. Schließlich wurde ich krank. Eines Abends packte mich heftiger Schüttelfrost, und nachts trat hohes Fieber ein. Der Arzt stellte eine Lungenentzündung fest. Die Krankheit dauerte lange, fesselte mich einen ganzen Winter ans Bett und kostete mich ein Schuljahr. Meine und deine Mutter lösten sich an meinem Bett ab. Kaum fieberfrei, fing ich wieder an, dir zu schreiben. Aber im Frühjahr blieben deine Briefe aus.«

»Wegen einer Widersetzlichkeit gegen den Direktor. Ich wurde abermals mit einem Jahr Einzelkerker bestraft.«

»Um diese Zeit starb deine Mutter«, sagte Andrea.

»Don Serafino hat es mir geschrieben.«

»Sie war stark, aber dabei auch zart. Mehrfach war sie zu meinem großen Schrecken in Ohnmacht gefallen, während ich ihr deine Briefe vorlas. Dann pflegte ich ihr jedesmal, wenn ich merkte, daß ihr die Sinne schwanden, ein Fläschchen mit Essig unter die Nase zu halten. Auf diese Weise wurde der Geruch des Essigs für mich zum Geruch der verfolgten Unschuld. Es war, dachte ich, der gleiche Essig, mit dem der Schwamm getränkt war, den die Legionäre des Pilatus dem Gekreuzigten an die Lippen hielten, als er über Durst klagte.«

Inzwischen hatte Luca ihm den Rücken gedreht und sich darangemacht, grüne Maiskolben auszukörnern; aber bei diesen Worten hörte er auf.

»Wenn ich an dein Leben denke«, fügte Andrea hinzu, sprach aber nicht weiter.

In einer müden und nachdenklichen Haltung blieb er stehen und starrte zu Boden.

»Sie erwarten dich auf dem Rathaus«, mahnte Luca, sich ihm zuwendend. »Es ist Zeit. Die ganze Bürgerschaft ist dort versammelt. Es werden Reden gehalten werden, nachher gibt es eine Erfrischung.«

Andrea blieb wie geistesabwesend stehen, als habe er nichts gehört. »Ich möchte dich um eine Gefälligkeit bitten«, sagte er endlich.

»Gern«, antwortete Luca. »Das kannst du dir doch denken.«

»Ich versichere dir, daß mich keine Neugierde treibt, vielmehr nur das Bedürfnis, zu verstehen.«

»Um was handelt es sich?«

»Jetzt ist soviel Zeit vergangen«, sagte Andrea. »Soviel Unheil ist geschehen, ein Erdbeben, drei Kriege. Nur wenige aus jener Zeit sind noch am Leben. Wenn man dich in diesen Trümmern sieht, glaubt man einen vom Tode Erstandenen vor sich zu haben. Wenn du um dich schaust...«

Er vollendete den Satz nicht und verfiel wieder in Schweigen.

»Du wolltest mich um einen Gefallen bitten«, erinnerte Luca.

»Warum hast du dich im Prozeß nicht verteidigt?« fragte Andrea jählings. »Warum hast du dich geweigert, anzugeben, wo du während der Nacht des Verbrechens gewesen bist?«

Luca erhob sich.

»Ich bedaure«, sagte er. »Ich bitte dich, mir zu glauben, daß ich es wirklich sehr bedaure, besonders nach allem, was du

mir vorhin erzählt hast. Aber ich bitte dich, nicht auf deiner Frage zu bestehen.«
Andrea lächelte und nickte mit dem Kopf.
»Ich bestehe nicht darauf«, sagte er. »Ich nehme sie zurück.«
Lucas Augen füllten sich mit Tränen. Er breitete die Arme aus, um Andrea liebevoll zu umschließen.
Durch die halboffene Tür schlängelte sich der junge Toni.
»Was, Sie sind noch hier?« rief er, als er Andrea sah. »Wissen Sie nicht, daß man Sie auf dem Rathaus erwartet?«
»Sag es niemandem«, sagte Andrea. »Nimm vielmehr dieses Geld und kauf etwas zu essen.«
»Du gehst nicht, Toni«, sagte Luca. Zu Andrea gewandt, fügte er hinzu: »Du bist mein Gast, also habe ich dafür zu sorgen. Ich werde gleich frischen Mais kochen.«

6

»Da hast du dir aber ein schönes Stück geleistet«, rief Don Serafino mit gespielter Entrüstung. »Darf man fragen, wo du diese Manieren gelernt hast? Bürgermeister, Beisitzer, Pfarrer und Carabinieri haben bis zwei Uhr auf dich gewartet. Was meinst du, wie sich die Ärmsten durch deine Schuld vor der Bevölkerung blamiert haben?«

»Hast du etwa nicht auch auf mich gewartet?« fragte Andrea. »Wäre schade.«

»Selbstverständlich war ich da«, antwortete Don Serafino. »Aber ich war der einzige, der wußte, daß du nicht kommen würdest, der einzige, der die Gründe deiner Abwesenheit kannte, und auch der einzige« – jetzt bekannte er sich zum Scherz – »der einzige, der heimlich den Rummel genoß.«

»Du hast doch hoffentlich nicht verraten, wo ich steckte, und mit wem?«

»Nein, ich habe die ganze Litanei hergesagt, ein wahres Vergnügen. Ich habe alle Leute gegen dich aufgehetzt. ›Wirklich ein Skandal‹, sagte ich. ›Kein guter Anfang für das neue Regime. An Stelle des Bürgermeisters würde ich sofort mein Amt niederlegen.‹ Ich muß gestehen, daß Don Franco besonders verbittert war. Er erwartete dich vor dem Durchgang mit ganzen Bündeln von Schriftstücken unter dem Arm. ›Die Nachbargemeinden werden vor Neid bersten‹, hatte er gesagt, als er kam. Sein religiöses Ideal besteht ja bekanntlich in der Förderung der Bautätigkeit. Du kannst dir also vorstellen, wie sehr du gerade ihn enttäuscht hast. Als der Bürgermeister vom Balkon aus dem Häuflein, das ausgeharrt hatte, verkündete, daß ein kleiner Reiseunfall dein Eintreffen verhindert habe, lachten ihn die Leute einfach aus. Kurz und gut, Andrea, ich muß dir sagen, du gefällst mir, du bist besser, als ich vorausgesehen hatte.«

»Hast du Freude an Skandalen?«

»Manchmal. Wenn sie der bürgerlichen Obrigkeit schaden, weide ich mich geradezu daran. Nun muß ich nur noch herausbekommen, wohin sie gegangen sind, um die Flaschen Wermut und die Torten zu vertilgen, die auf Kosten der

Gemeinde für den zu deinen Ehren vorgesehenen Imbiß erstanden worden waren.«

Das Stübchen des Priesters mit seiner niedrigen Decke und der dunklen Holztäfelung der Wände empfing aus zwei Fensterluken karges Licht.

»Eine Höhle wie für Fledermäuse«, sagte Andrea.

»Das ist eine ungehörige Bemerkung«, antwortete der Priester.

Die Wände waren teilweise mit Regalen verkleidet, die verstaubte Bücher und Verzeichnisse enthielten. Auf der Konsole über dem kleinen Kamin stand unter einem Glassturz eine Statuette aus Papiermaché, die den Guten Hirten darstellte. Ein vager Modergeruch hing in der Luft. An einem mit Wachstuch überzogenen Tischchen saß Don Serafino über die lateinischen Aufgaben seiner Privatschüler gebeugt, die er mit einem dicken Rotstift verbesserte. Ein keuchender Greisenatem kam aus seinem halbgeöffneten Munde. Der bekannte Schädel diente als Briefbeschwerer. Nahe dem Fenster, das auf den Gemüsegarten ging, schaute Andrea in die Zeitungen und rauchte seine Pfeife. Es pochte mehrmals an die Tür. Der Priester ging hinaus und verhandelte kurz mit einigen Leuten, die vor dem Haus versammelt waren. »Sie fragen nach dir«, sagte er zu Andrea. »Wenn du willst, kannst du sie einen nach dem anderen hereinkommen lassen.«

»Wer sind sie? Was wünschen sie?«

»Arme Leute; der eine hofft auf eine Pension, der andere auf eine Unterstützung.«

»Warum gehen sie nicht zum Bürgermeister?«

»Der ist es ja gerade, der sie zu dir schickt. Du müßtest sie anhören«, sagte Don Serafino. »Ich kenne sie, es sind wirklich arme Teufel.«

»Würden sie weniger arm sein, wenn ich ihnen Empfehlungsbriefe schriebe? Ich möchte dem notleidenden Volk beibringen, daß es sich anderes von mir wünscht.«

Don Serafino ging wieder an die Tür und sagte etwas; dann kehrte er an sein Tischchen zurück, um sich weiter seinen Korrekturen zu widmen.

»Ich vergaß, dir zu sagen«, wandte er sich an Andrea, »daß sich unter den Opfern deiner mangelnden Erziehung gestern manch Unschuldiger befunden hat.«

»Zum Beispiel?«
»Deine holde Tante Clarisse.«
»Die Ärmste. Was wollte sie denn von mir?«
»Anscheinend hatte sie zu deinen Ehren in ihrem Hause ein Festessen gerichtet.«
»Das wußte ich nicht; hätte sie mich gefragt, hätte ich sie gleich davon abgebracht.«
»Irgendwo mußt du ja doch essen«, machte Don Serafino geltend. »Um die Wahrheit zu sagen, ich habe ihr, um dir eine Einladung des Bürgermeisters zu ersparen, zu verstehen gegeben, daß du wohl lieber bei einer Verwandten speisen würdest. Jedenfalls erwartet sie dich heute abend. Ich habe ihr versprochen, daß du diesmal nicht ausbleiben werdest.«
»Du machst mir Ungelegenheiten«, murrte Andrea. Dann fragte er: »Was treibt Luca?«
»Er ist oben in seinem Zimmer. Vielleicht ruht er, oder er steht am Fenster und schaut in das Land hinaus.«
»Ich werde meiner Tante wegen heute abend einen kurzen Entschuldigungsbrief schreiben. Kann ich ihn deiner Magd anvertrauen?«
»Meine Magd ist fort«, sagte der Priester. »Habe ich es dir noch nicht erzählt? Kaum daß Luca hier war, hat die tolle Person ihre Schürze fortgeworfen und sich verabschiedet, ohne auch nur die acht Tage Kündigungsfrist einzuhalten. Natürlich weiß Luca nichts von dem Zwischenfall.«
»Auch sie... Was hat sie ihm denn vorzuwerfen?«
»Offenbar, daß er sein Leben im Zuchthaus verbracht hat.«
»Weiß sie denn nicht, daß er unschuldig ist?«
»Aber ja, sie weiß es wie alle anderen. Und doch...«
Andrea war niedergeschlagen.
»Mein Gott, was für Menschen«, sagte er empört. »Kein Weltuntergang kann sie ändern.«
»Die Betten machen wir uns allein, so gut es geht«, sagte Don Serafino. »Das ist nicht so schlimm. Aber bei meinem Alter ist es aus anderen Gründen unangenehm, wenn es an einer Hilfe mangelt.«
»Bei dem herrschenden Elend dürfte irgendein anderer Dienstbote nicht schwer aufzutreiben sein«, sagte Andrea.
»Meinst du wirklich? Das Kanonische Recht verbietet es mir, eine junge Frau anzustellen, jedenfalls eine unter vierzig

Jahren«, erklärte der Priester. »Eine ältere aber bleibt, das versichere ich dir, aus dem gleichen Grunde nicht bei mir, aus dem die andere gegangen ist, und wenn sie es noch so nötig hätte.«

»Luca jagt ihnen also Furcht ein«, fuhr Andrea auf. »Aber weshalb?«

Don Serafino schwieg und starrte finster.

Schließlich murmelte er. »Ich muß dir gestehen, daß auch ich bei der ersten Nachricht von seiner bevorstehenden Heimkehr Furcht hatte. Weshalb? Das kann ich mir nicht erklären. Es ging so weit, daß ich dem Wachtmeister der Carabinieri vorschlug, ihn weit von hier in einem Hospiz unterzubringen.«

Andrea wandte sich plötzlich dem Priester zu.

»Wovor konntest du Angst haben?« fragte er, ihm fest in die Augen sehend.

»Ich bin sein Pfarrer gewesen«, antwortete Don Serafino ausweichend. »Ein Pfarrer ist für das Schicksal seiner Gläubigen verantwortlich.«

»Entschuldige, aber das wäre doch kein Grund zur Furcht«, drängte Andrea. »Ich verstehe dich nicht.«

Wahrscheinlich war Don Serafino auf diese Auseinandersetzung nicht gefaßt gewesen. Jedenfalls spiegelte sich ein Ausdruck zunehmender Verlegenheit in seinen Zügen, während Andrea ihn ausfragte.

»Schau, Andrea, das sind Dinge, die du nicht verstehen kannst«, suchte er sich zu entschuldigen. »Du warst kaum geboren, als all dies geschah.«

»Die menschliche Natur«, schrie Andrea, »hat sich doch in diesen paar Jahren nicht geändert.«

»Nicht so laut, ich bitte dich«, sagte Don Serafino. »Er könnte uns hören.«

Dann fügte er hinzu: »Glaub mir, auch wenn du alles wüßtest, würdest du vor einem Rätsel stehen.«

Andrea lachte spöttisch.

»Mit dieser Redensart machst du es dir etwas zu leicht. So verfahrt ihr Priester immer, wenn ihr euch aus der Patsche ziehen wollt.«

»Ich hielt dich nicht für so grob«, rief der Priester. »Auch geht es nicht um mich, sondern um Luca. Das müßtest du beden-

ken, wenn du dazu fähig wärest. Er war durch die Begegnung mit dir erschüttert, und doch hat er dir die Aufklärung verweigert, die du von ihm verlangtest. Meinst du nicht, daß seine Zurückhaltung eine gewisse Achtung verdient?«
»Gewiß«, gab Andrea zu. »Du hast recht. Aber es ist bei mir keine Neugierde, ich versichere es dir. Wie soll ich's dir klarmachen? Also: Lucas Geheimnis geht schließlich auch mich an.«
»In einem gewissen Sinne geht es alle an«, murmelte Don Serafino.
Er hatte sich erhoben und sah durch ein mit gekreuzten Eisenstäben gesichertes Fenster auf die Straße. Der spärliche Schein belichtete den Umriß seiner weißen Haare. Er gab ihm ein gipsernes Gesicht mit fahlen Schatten. Nach kurzer Zeit fuhr er fort: »Ich weiß nicht, ob ich dir erzählt habe...«
»Nichts hast du mir erzählt«, unterbrach Andrea.
»Was erwartest du eigentlich, daß ich dir sagen soll?« fragte Don Serafino gekränkt. »Schließlich bist du ja nicht mein Beichtvater. Ich wollte dir sagen: Bevor du wieder fortgehst...«
»Einstweilen bleibe ich«, sagte Andrea unhöflich. »Hast du was dagegen?«
»Bitte werde nicht grob«, sagte der Priester. »Ich kann mir nicht denken, was ich dagegen haben sollte.«
Ein peinliches Schweigen breitete sich zwischen beide. Andrea nahm seine Zeitungslektüre wieder auf. Der Priester hatte ihm den Rücken gekehrt. Er schaute durch das Stabwerk des kleinen Fensters hinaus.
»Da kommt eine Besucherin für dich«, verkündete er, ohne sich umzuwenden. »Deine Tante Clarisse.«
Andrea lief selber, um zu öffnen. Eine schon ältere, aber noch behende und schlanke Dame stand vor der Tür. Sie war mit altmodischer Sorgfalt gekleidet, ganz in Schwarz.
»Liebe Tante Clarisse«, sagte Andrea, »es scheint, daß du mich gestern mittag erwartetest. Ich bedaure, daß du dich vergeblich bemüht hast, ich habe es eben erst erfahren.«
»Ja, das war ein unangenehmes Mißverständnis«, sagte die Dame. »Wir haben bis zwei Uhr auf dich gewartet.«
»Willst du nicht einen Augenblick eintreten? Don Serafino könnte mir vorwerfen...«

»Er ist schon zweimal deinetwegen bei mir gewesen, gestern und heute. Andrea, ich wollte dich also fragen, ob wir wenigstens heute abend zum Essen mit dir rechnen dürfen. Wir werden in der Familie sein. Seit so vielen Jahren sahen wir dich nicht mehr.«

»Ich muß heute abend wieder fort«, entschuldigte sich Andrea. »Du wirst verstehen, ich habe so viele Verpflichtungen. Und vorher muß ich noch etwas mit meinem Freunde besprechen.«

»Weshalb willst du ihn nicht mitbringen?« schlug die Dame vor. »Sind wir dessen nicht würdig?«

»Im Gegenteil; aber wird er nicht stören?«

»Es wird uns ein Vorzug sein, wenn er dein Freund ist. Um wen handelt es sich? Um einen Fremden? Eine Amtsperson?«

»Nein, es ist ein Landsmann«, erklärte Andrea. »Er war seinerzeit mit meinem Vater eng befreundet. Ich weiß nicht, ob der Name dir etwas sagt, er heißt Luca Sabatini.«

»Der Zuchthäusler?«

»Richtiger gesagt, der ehemalige Zuchthäusler.«

»Du willst mir einen ehemaligen Zuchthäusler ins Haus bringen?« rief die Tante Clarisse. Aus ihren sanften Augen, die rund waren wie Kirschen, sprach jähes Entsetzen.

»Liebe Tante«, suchte Andrea zu beschwichtigen, »du weißt es vielleicht nicht, aber der arme Mann war unschuldig.«

»Unschuldig oder nicht, er hat im Zuchthaus gesessen. Andrea, du möchtest, daß ein derartiges Individuum ...«

»Gib auf deine Worte acht, Tante. Ich glaube dir, bei Gott, klargemacht zu haben, daß es sich um einen Freund von mir handelt.«

»Ich verstehe, Andrea, du bist jetzt in der Politik, du kannst in deinen Beziehungen nicht so heikel sein. Aber, nimm doch Vernunft an, meine Wohnung ist ein Privathaus, ich habe zwei Töchter zu verheiraten, Fiorella, die Älteste, will sich eben verloben ...«

»Ich versichere dir, Tante, daß meine Freundschaft mit Luca nicht das geringste mit Politik zu tun hat. Er ist, offen gesagt, unter der ganzen Einwohnerschaft von Cisterna der Mensch, den ich am höchsten schätze.«

»Armer, armer Andrea«, rief die Dame.

Mehr konnte sie vor Erregung nicht hervorbringen. Um der peinlichen Lage zu entrinnen, ging sie, oder vielmehr, sie enteilte, ohne auch nur zu grüßen, mit kleinen, hurtigen Schritten.

Daheim warteten die Töchter auf sie. Sie drückten die Gesichter gegen ein vergittertes Fenster des Erdgeschosses. Der Anblick ihrer völlig verstörten Mutter erschreckte sie.

»Was ist denn dir zugestoßen?« fragte Fiorella. »Fühlst du dich unwohl, Mama?«

»Kinder«, flüsterte Frau Clarisse, mit Mühe ihr Schluchzen unterdrückend, »euer Vetter ist verrückt geworden, total verrückt, für die Zwangsjacke reif.«

7

Seit Jahren im Ruhestand, hatte der alte Richter gleichwohl das Schild am Eingang der kleinen Villa beibehalten. Auch die Gesetzbücher und vergilbte Bündel der *Gazzetta uffiziale* lagen noch immer in Reichweite auf seinem Schreibtisch. Beim Namen Andrea Cipriani schaute er zu dem Besucher auf, las dann wieder in dem Einführungsschreiben, musterte schließlich den Mann, der vor ihm stand, und erhob sich, auf ein Stöckchen gestützt, aus seinem Lehnstuhl.

»Der Lehrer Cipriani? Gut, sehr gut. Carolina, he, Carolina, zwei Kaffee. Ich habe Sie erwartet, Herr Cipriani, der Präsident des Appellationsgerichtes hatte mir schon von Ihnen gesprochen, gut, sehr gut, in Anbetracht der veränderten Zeitläufe ganz ausgezeichnet.«

Der alte Richter nahm ihn beim Arm und führte ihn, leicht hinkend, durch einen engen, dunklen Gang in das Empfangszimmer.

»Nehmen Sie auf diesem Sofa Platz«, sagte er, »das Tischchen hierneben wird uns genügen. Sehen Sie, Herr Cipriani, diesen Haufen halb verschimmelter Akten? Sie dürfen das Aktenzeichen lesen.«

»Die Akten des Prozesses Sabatini?« rief Andrea aus. »Bevor ich nach Aquila kam, fürchtete ich, sie seien vernichtet worden.«

»Hier sind sie, nach pflichtschuldig eingeholter Genehmigung«, sagte der alte Richter mit seiner schrillen Stimme. »Ich brauchte sie, um meine Memoiren zu schreiben. Ob ich fertig bin? Noch nicht, aber schon recht weit. Jetzt lebe ich nur noch von Erinnerungen. Das Gedächtnis ist mein ständiges Obdach, es entfremdet mich der Gegenwart, die ich hinzunehmen gezwungen bin. Aus diesem Grunde gehe ich wenig aus, und nur bei Nacht. Mit allem Respekt, Herr Cipriani, denn Sie sind doch, soweit ich weiß, ein Mann der Gegenwart.«

»Eher noch der Zukunft«, verbesserte Andrea lächelnd.

»Schlimmer«, urteilte der alte Richter. »Viel schlimmer. Aber wir sind ja jetzt auf der schiefen Ebene. Wie könnte man da

noch zurück? Setzen Sie sich doch bitte. Rauchen Sie?«
»Sie haben, wenn ich nicht falsch unterrichtet bin, im Prozeß gegen Luca Sabatini seinerzeit die Anklage vertreten?« begann Andrea die Unterhaltung.
»Und zwar so, daß ich heute noch, mein Ehrenwort, darauf stolz bin«, bekräftigte der alte Richter. »Heute hat man ja keine blasse Ahnung mehr davon, was zu jenen Zeiten eine Anklagerede war.«
»Immerhin schützte auch damals die größte Tüchtigkeit nicht vor Justizirrtümern. *Errare humanum*, nun, das kennt man ja.«
»Ich verstehe nicht, worauf Sie eigentlich anspielen.«
»Also, Sie wissen doch, daß vor einigen Monaten die Unschuld des Luca Sabatini endgültig anerkannt worden ist.«
»Ein Schmarren«, rief der alte Richter und stieß sein Stöckchen auf den Boden. »Natürlich mit allem Respekt. Zu Ihrer Orientierung möchte ich Ihnen sagen, daß der Sabatini begnadigt worden ist, nicht aber freigesprochen. Ja, ja, das ist ein kleiner Unterschied.«
»In diesem Falle«, sagte Andrea, »ist der Unterschied nur formaler Natur.«
»Aber im Rechtswesen bedeutet die Form alles, gestatten Sie, daß ich Sie darauf hinweise. Wie in der Kunst«, fügte er nach einer Pause hinzu.
»Im Grunde«, suchte Andrea darzulegen, »hat man die Begnadigung gewählt, weil es der kürzere Weg ist, der obendrein auch nichts kostet. Die Rehabilitierung hätte einen neuen Prozeß erforderlich gemacht, also Anwälte, Stempelpapier und anderes Teufelszeug. Sabatini aber hat keinen Heller, keine Angehörigen und legt auf gesetzliche Formen keinen Wert.«
»Nein, nein, nein«, widersprach der alte Richter energisch, »das ist eine kindliche Ausrede. Im Armenrecht ist die Verteidigung unentgeltlich. Verzeihen Sie, ich fragte, ob Sie rauchen?«
»Danke, jetzt nicht.«
Der alte Richter zündete sich eine Zigarette an, die er einem langen, schwarzen Mundstück aufsetzte. Es war ein zierliches, verschmitztes Männlein; sein längliches gelbliches Gesicht mit den blassen Augen darin gab ihm das Aussehen

eines Nachtvogels; die spärlichen Haare, die in dünnen Strähnen an dem runden, glänzenden Schädel klebten, waren sichtlich mit einem an Kaffeebraun grenzenden Schwarz gefärbt. Unbehaglich schaute Andrea sich um. Die schweren violetten Fenstervorhänge, so ausgeblichen sie auch waren, breiteten über den Raum ein alkovenhaftes Zwielicht. An einem Fenster stand ein hohes Lesepult mit einem aufgeschlagenen, dicken Band, darüber ein kleiner Drahtkäfig mit zwei schlafenden Kanarienvögeln. An der Wand hinter dem Rükken des alten Richters hing ein großes Bild von Umberto I. mit der Königin Margherita.

»Beachten Sie wohl, Herr Cipriani«, nahm der alte Richter wieder das Wort, »daß ich persönlich nichts gegen die Begnadigung des Sabatini einzuwenden habe. Warum sollte ich? Was geht er mich an? Würde er aber Revision einlegen, und wäre ich, rein theoretisch gesprochen, wieder mit der Anklage beauftragt, nun, Herr Cipriani, ich kann Ihnen nur sagen, daß ich dann glatt die Bestätigung des ersten Urteils beantragen würde. Und Sie können sich darauf verlassen, daß ich sie durchsetzen würde.«

»Vielleicht wissen Sie nicht«, hielt Andrea ihm vor, »daß ein Mann aus Perticara vor einigen Monaten kurz vor seinem Tode die eigene Schuld eingestanden und Sabatini entlastet hat.«

»Ich weiß alles«, versicherte der alte Richter. »Alles«, bekräftigte er nach einer Pause. »Dank dem Entgegenkommen des Staatsanwaltes durfte ich auch die Aussage des Geständigen lesen. Ich habe sie wegen des Interesses, das ich für diese wichtige Episode meiner Beamtenlaufbahn hege, sogar studiert. Kurz und gut, Herr Cipriani, diese Aussage hat mich nicht überzeugt.«

»Wie denn das«, widersprach Andrea überrascht. »Der Schuldige hat auch Beweise beigebracht. Auf Grund seiner Angaben sind, wie Sie wissen, in einem vermauerten Versteck die dem Opfer geraubte Uhr und die Brieftasche gefunden worden. Genügt das nicht?«

Das blutleere Greisengesicht verzog sich zu einem höhnischen Lachen.

»Nein, es genügt nicht, Herr Lehrer. Es genügt nicht für das, was Sie behaupten. Diese neuen Momente stehen keineswegs

im Gegensatz zu denen, die zur Verurteilung des Sabatini geführt hatten. Höchstens können sie den von mir in meiner Anklageschrift klar ausgesprochenen Verdacht bestätigen, daß Sabatini Helfershelfer gehabt hat.«
»Ich hingegen bin vom Gegenteil überzeugt«, sagte Andrea mit Nachdruck. »Ich bin dessen sogar sicher. Ich finde, daß ...«
»Herr Lehrer«, unterbrach der alte Richter, »gestatten Sie, daß ich es Ihnen sage. Sie gestatten doch? Ihre Überzeugung ist mir gleichgültig.«
Er machte eine kleine Gebärde, die als Aufforderung für den Besucher gedeutet werden konnte, sich zu verabschieden. Aber Andrea, der in die Akten vertieft war, beachtete sie nicht. Der alte Richter hielt zwischen den gespreizten Knien sein Stöckchen mit dem elfenbeinernen Griff, auf den er die kleinen, gelblichen Hände stützte. Er war in die teilnahmslose, gelangweilte Haltung eines Nachtvogels zurückgesunken. Ab und zu öffnete er die Augen, wie um die Bewegungen des Gastes zu überwachen.
»Dürfte ich einen Blick in die Akten werfen?« fragte Andrea plötzlich.
»Ich stelle sie Ihnen ohne weiteres zur Verfügung. Ich benötige sie nicht mehr. Der Staatsanwalt hat mich dazu ermächtigt, sie Ihnen auszuhändigen, bevor ich sie dem Archiv zurückerstatte. Ich mache Sie jedoch darauf aufmerksam, daß es sich um eine keineswegs kurzweilige, wenn auch nicht eben schwer verständliche Lektüre handelt. Schließlich wurde der Fall ja von Geschworenen entschieden, in der Mehrzahl also von Bauern und kleinen Kaufleuten. Ich bin gewiß, daß Sie sich, am Ende angelangt, nicht wundern werden, daß der Spruch dieser Ehrenmänner auf Verurteilung lautete.«
»Zur Begehung von Justizirrtümern braucht es keinen bösen Willen«, sagte Andrea.
»Lesen Sie die Akten, Herr Cipriani«, wiederholte der alte Richter ungeduldig. »Trotz Ihrer Voreingenommenheit werden Sie sich von der Schuld des Sabatini überzeugen. Sie werden sie, wage ich zu sagen, auf jeder Seite des Aktes bestätigt finden. Sollte es Ihnen an Geduld gebrechen, so rate ich Ihnen, wenigstens die Protokolle zu lesen, die sich auf

Sabatinis Verhalten in der Nacht vor dem tragischen Raubüberfall beziehen. Er hat im Hause seiner Braut das Verbrechen angekündigt, und zwar in Ausdrücken, die keinen Zweifel zulassen. Hinzu kommt sein Benehmen im Verlauf der Voruntersuchung und während der öffentlichen Verhandlung. Wenn schließlich ...«
»Ich verstehe«, sagte Andrea. »Sie spielen auf Luca Sabatinis Weigerung an, auszusagen, wo und mit wem er die Nacht des Verbrechens zugebracht hat. Obwohl ich die Gründe seines hartnäckigen Schweigens nicht kenne, könnte ich mir unschwer vorstellen, daß ein Mann aus Gründen der Ehre schweigen könnte, selbst wenn ihm das schadet.«
»Ach nein, Herr Lehrer, Ihre romantische Erklärung ist hier wirklich fehl am Platze«, rief der alte Richter mit offenem Hohn. »Wollen Sie vielleicht einem Flegel dieser Art ritterlichen Geist zusprechen? Das ist doch lächerlich. Einem an das hölzerne Joch gewöhnten Packesel einen Ledersattel aufschnallen? Sie haben Phantasie, wahrhaftig, das läßt sich nicht leugnen. Ein *cafone**, der imstande wäre, den Kerker auf Lebenszeit der Enthüllung eines Geheimnisses vorzuziehen? Ha, ha, ha. Ein *cafone* als Kavalier alter Schule? Ha, ha, ha. Ja, genau das, und

Vom Kavalier hat er zum Bischof sich bekehrt,
Und zog dann als Legat ins Heilge Land.«

Der Sarkasmus hatte das Aussehen des alten Richters gewandelt. Er glich jetzt einem Sperber statt einem Uhu.
»Ein Bauer«, entgegnete Andrea, keineswegs aus der Fassung gebracht, »kann eine Fähigkeit zu leiden besitzen, von der ein Richter nichts ahnt.«
»Reden Sie bitte kein dummes Zeug, Herr Cipriani. Sie sind doch in einer ländlichen Gemeinde geboren? Man sollte es nicht meinen. Wissen Sie denn nicht, daß die Leidensfähigkeit eines *cafone* leiblicher Natur ist? Daß sie nur besteht, solange es sich um Hunger oder um Prügel handelt? Aber das Leid der Liebe, gebenedeite Jungfrau, die unglückliche Leidenschaft, die in Abwesenheit des geliebten Wesens vom Gedanken

* Unübersetzbare Bezeichnung für die ärmste Schicht der ländlichen Bevölkerung in Mittelitalien und namentlich in den Abruzzen, also für die Kleinbauern und Tagelöhner. Sie hat den Beigeschmack des Ungebildeten, Tölpelhaften.

daran zehrt, die ist nicht Sache des Bauern, nicht einmal des Bürgers. Sie war ein Vorrecht der adligen Seele«, fügte er nach einer Pause hinzu, »als es noch einen Adel gab.«
Im Korridor schrillte der Fernsprecher. Eine heisere Frauenstimme antwortete. Der alte Richter verrenkte den Hals nach dem Korridor hin.
»Ruf mich später«, schrie er der Frau zu. »Glauben Sie mir, Herr Cipriani«, setzte er das Gespräch fort, »ein Unschuldiger nimmt die fürchterliche Strafe des Zuchthauses nie auf sich, ohne alles zu sagen, was er weiß, und außerdem noch alles, was er zu seinen Gunsten erfinden kann. Die Geschichte erwähnt nur zwei Unschuldige, die vor dem Richter geschwiegen haben, Jesus und Sokrates. Und ich nehme nicht an, daß Sie diesen Delinquenten aus Ihrem Dorf so weit erhöhen wollen ...«
Die Art, wie er das Wort *Delinquent* ausgesprochen hatte, brachte Andrea in Harnisch.
»Was haben Sie eigentlich gegen den armen Mann?« rief er aus.
»Er ist ein Kapitel meiner Selbstbiographie«, antwortete der alte Richter gelassen. »Ein Kapitel, das ich, da können Sie sicher sein, mit Hörnern und Zähnen zu verteidigen gedenke.«
Diese Worte sprach er in einem Tone des Freimutes, der bisher seiner Stimme fremd gewesen war. Rasch fügte er hinzu: »Und jetzt verzeihen Sie, wenn ich Sie meinerseits frage: Und Sie? Weshalb nehmen Sie an diesem Individuum soviel Anteil?«
»Ich verstehe nicht genau, was Sie wissen wollen.«
»Sollte Luca Sabatini zufällig mit Ihnen verwandt sein?«
»Nein, er ist mein Freund. Sogar mein bester Freund.«
»Oh«, sagte der alte Richter und hielt eine Zeitlang mit einem Ausdruck unfreiwilliger Komik den Mund aufgesperrt. »Entschuldigen Sie, entschuldigen Sie.« Dann faßte er sich wieder: »Sind Sie ... schon lange befreundet?«
»Seit ungefähr dreißig Jahren.«
»Seit dreißig Jahren? Ich begreife nicht, er saß doch im Zuchthaus. Wie ist das möglich?«
Andrea machte eine Gebärde, wie um auszudrücken: Ihnen dies erklären, wäre zu langwierig.

»Sehen Sie«, sagte er in versöhnlichem Tone, »ich spreche jetzt nicht aus Freundschaft, sondern rein sachlich. Luca erscheint mir als ein normaler Mensch, als ein Bauer, wie andere auch, nur unglücklicher. Die Umstände, denen er sich gegenübersah, müssen höchst außergewöhnlich gewesen sein. Gleichwohl hat er sich, scheint mir, auf eine alles andere als alltägliche Art benommen.«
»Erlauben Sie, daß ich von Ihrer Freundschaft absehe?« fragte der alte Richter. »Erlauben Sie? Nun denn, ich glaube, daß kein Umstand einen mittelmäßigen Menschen zum Übermenschen machen kann. Gibt er sich diesen Anschein, so blufft er. Der Bluff hält jedoch eine so lange und grausame Prüfung wie das Zuchthaus nicht aus. Sie wissen, Herr Cipriani, welch klägliches Ende die unechten Übermenschen an diesem Ort genommen haben. Sprechen wir um Gottes willen nicht von den Übermenschen in ihren Beziehungen zu Frauen. In Unterhosen gibt es keine Übermenschen. Lassen Sie sich das gesagt sein.«
Der alte Richter sprach, als diktiere er seinem Sekretär, mit sichtlichem Wohlgefallen an der eigenen Improvisationsgabe. Er machte es sich in seinem Lehnstuhl bequemer, legte die Handflächen aneinander und fuhr fort: »Sie wissen so gut wie ich, daß in diesem Dorf jeder, der ein Abenteuer mit einer Frau hat, sich beeilt, es auszuplaudern. Ich weiß nicht, wie es anderswo ist, aber für die Italiener verliert das Abenteuer ohne die Bewunderung und den Neid der Freunde jeden Reiz. Ein Ehebruch ohne Eifersucht würde selbst einen Commis Voyageur anwidern. Wenn die Leute hier auf Abenteuer ausgehen, so hauptsächlich, um davon erzählen zu können. Seien wir doch ehrlich, Herr Cipriani, worin bestünde sonst das Vergnügen? Die Eroberung einer Frau ist eine öffentliche Bestätigung unserer Männlichkeit. Würde sie, ehrlich gesagt, ohne die Öffentlichkeit der Mühe wert sein? Sie wäre dann nichts als ein Verstoß gegen die Sitte oder als eine gewöhnliche Zimmergymnastik.«
»Ihre Aphorismen sind geistreich, Herr Richter, aber treffen vorbei«, bemerkte Andrea peinlich berührt. »Leider kann ich Ihnen nichts Konkretes entgegenhalten, da Sabatini sich mir nicht aufgeschlossen hat und ich die Akten noch nicht kenne.«

»Also lesen Sie die Akten, und Sie werden mir recht geben«, schloß der alte Richter. »Ich bin davon überzeugt, daß, wenn Luca Sabatini schwieg, ohne sich ein Alibi zurechtzulegen, dies nur auf Mangel an Einbildungskraft schließen läßt. Ja, auf ganz gewöhnliche Dummheit.«
»Er macht nicht den Eindruck eines Dummkopfes«, widersprach Andrea.
»Wenn Sie es denn genau wissen wollen, Ihr ... Freund ist ein Primitiver und ein Gewaltmensch. Ich würde mich nicht wundern, wenn die Justiz sich bald wieder wegen eines Streites oder Raufhandels mit ihm zu befassen hätte. Ein Besessener. Bei der ersten Vernehmung, der ich ihn unterzog, stürzte er auf mich los, riß mir das Gesetzbuch aus den Händen und warf es in den Papierkorb ...«
»Gewiß keine höfliche Geste«, gab Andrea zu, »sie richtete sich aber, wie Sie selbst sagen, gegen das Gesetzbuch, nicht gegen Ihre Person.«
»Wollen Sie vielleicht behaupten, daß es sich um einen Akt rechtswissenschaftlicher Kritik handelte?« fragte laut lachend der alte Richter. »Herr Cipriani, Sie machen sich über mich lustig. Bekennen Sie es doch offen, bei einem Manne der Gegenwart oder vielmehr, wie Sie sagen, der Zukunft, läge darin nichts Außergewöhnliches. Jedenfalls hat Sabatini auch während der Verbüßung seiner Strafe im Zuchthaus weiterhin Gewalttaten gegen andere Personen begangen, wodurch er sich ein paar zusätzliche Prozesse und die Einzelhaft zuzog. Wissen Sie auch, daß die jüngst erteilte Begnadigung Ihrem Freunde eben wegen seiner sehr schlechten Führung während der Strafverbüßung um ein Haar verweigert worden wäre?«
»Ich wußte es nicht«, gestand Andrea, »und es überrascht mich, wenn ich die Wahrheit sagen soll.«
»Sehen Sie, da haben wir es. Sie machen sich einen falschen Begriff von Sabatini«, erklärte der alte Richter befriedigt. »Dadurch, daß er den Einfältigen spielte, hat er mir wohl zu schaffen gemacht, ja, aber wegen seiner Verurteilung empfinde ich, mein Wort darauf, keinerlei Gewissensbisse. Wenn es nicht gelungen ist, volle Klarheit über die Helfershelfer oder Auftraggeber zu gewinnen, die Sabatini wahrscheinlich gehabt hat, so war daran gewiß nicht die Magistratur schuld,

sondern das hehlerische Schweigen Ihrer Landsleute. Über dies Thema habe ich in meinen Memoiren eine Seite geschrieben, die, ohne mich rühmen zu wollen...«
Der alte Richter schwieg kurze Zeit, barg die Stirn in den Händen und schien sein Gedächtnis anzustrengen. Durch manche Zeichen gab Andrea zu verstehen, daß er nur darauf wartete, mit dem Aktenbündel gehen zu dürfen. Aber der alte Richter, der mit seinen nebelhaften Erinnerungen kämpfte, achtete nicht darauf, bevor er den Faden wiedergefunden hatte, den er suchte.
»Entschuldigen Sie«, sagte er, »es sind so viele Jahre vergangen. Jetzt hab' ich's. Um die Mauer des Schweigens zu brechen, die Sabatini um sich errichtet hatte, erlaubte ich mir eines Tages, zu einem nicht ganz einwandfreien Mittel zu greifen, von dem Sie in den Akten keine Spur finden werden. Ich tat so, als gewährte ich Sabatini eine vertrauliche Aussprache mit seiner Mutter und dem Pfarrer von Cisterna. Ich weiß nicht, ob dieser Priester noch lebt...«
»Er lebt«, sagte Andrea.
»Ein ausgemachter Tartuffe, dafür bürge ich Ihnen. Also die drei wurden in dem Stübchen, wo die Unterredung stattfand, allein gelassen, aber hinter der Tür lauschten zwei Kriminalbeamte und mein Sekretär. ›Traut der Sache nicht‹, warnte der Häftling sofort seine Besucher. ›Die Wände haben Ohren.‹ Ungeachtet dieser Warnung fragte die Mutter in einem gewissen Augenblick: ›Wenn du einverstanden bist, könnte jemand für dich als Zeuge auftreten und aussagen, daß er dich in jener Nacht gesehen hat.‹ – ›Nein‹, antwortete der Gefangene. Die Mutter brach in Tränen aus, ohne weiter zu drängen. Welche Bedeutung hatte ihr Angebot? Das falsche Zeugnis eines Helfershelfers? Man vermochte es nicht festzustellen; wir brachten es nicht heraus, auch weil der Rest des Gesprächs unverständlich war.«
»Sind Sie sicher, daß der Pfarrer von Cisterna dabei war?« fragte Andrea.
»Ganz sicher«, bestätigte der alte Richter. »Tatsächlich habe ich ihn sofort in mein Büro kommen lassen. Ohne die kurz vorher aufgefangene Unterredung zu erwähnen, forderte ich ihn auf, von der Kanzel seiner Kirche herab darüber zu predigen, daß der Christ verpflichtet ist, die Wahrheit zu

bezeugen. Der Pfarrer zeigte sich sehr verlegen und wich aus. ›In Wahrheit‹, antwortete er mir, ›untersteht die Kanzel nicht den Gerichtsbehörden; in Wahrheit ist das einzige Urteil, das einen Christen angeht, das Urteil des heiligen Gerichtes Gottes.‹ Es entstand zwischen uns ein regelrechter Wortwechsel, in dessen Verlauf ich die Geduld verlor und ihn bezichtigte, mit der Wahrheit hintanzuhalten. ›Auch die Unterlassung ist ein falsches Zeugnis‹, sagte ich ihm. Aber natürlich blieb die Sache ohne Folgen. Sicherlich wußte dieser Priester viel; leider gelang es mir nicht, ihm die Zunge zu lösen. Später wurde mir berichtet, daß zwei Passionistenpatres, die gleichen, die in jenem Jahr zur Fastenzeit in Cisterna predigten, meine Aufforderung aufgriffen und ›jeden, der etwas wußte‹, mahnten, sein Zeugnis abzulegen. Aber sie waren fremd, und ihre Worte blieben ohne Wirkung.
Glauben Sie mir, Herr Cipriani, wenn diesem Prozeß etwas Rätselhaftes anhaftete, so gilt dies alles in allem höchstens für das Milieu, nicht aber für die Person des Angeklagten. Was konnte ich daran ändern? Das ganze Dorf verhaften, mit dem Pfarrer an der Spitze?«
»Allerdings«, sagte Andrea. »Warum denn nicht?«
»In fast allen Prozessen bleibt eine Zone des Geheimnisses«, fuhr der alte Richter fort. »Da ja der Fuchs seinen Bau immer mit zwei Ausgängen versieht. Der gute Jäger jedoch ...«
Andrea hörte nicht mehr zu. Er sah auf seine Armbanduhr und tat, als sei es ihm zu spät geworden. Der alte Richter begleitete ihn an die Tür. Im Augenblick des Abschiedes sagte er ihm:
»Herr Cipriani, wollen Sie Ihrem ... Freunde nützlich sein? Dann raten Sie ihm, sich mit der Begnadigung zu begnügen. Es ist das Äußerste, was er erwarten kann, so lange wenigstens, wie ich am Leben bin.«

8

An diesem Abend waren Luca und Don Serafino, davon benachrichtigt, daß Andrea wiederkehren werde, ihm bis vor das Dorf entgegengegangen. Wie schon das letztemal war er auf dem Motorrade gekommen und schob es nun, sich ihnen gesellend, seitlich neben sich her bis in den Ort. Auch als er die schwarze Brille abgenommen hatte, blieb er wegen der dicken dunklen Staubschicht, die sich auf der langen Fahrt über sein Gesicht gelegt hatte, unkenntlich.
»Wir wollen ein paar Schritte gehen«, regte er an. »Ich muß mir die Beine vertreten.«
Die Einwohner von Cisterna hatten sich noch nicht daran gewöhnt, sie zusammen zu sehen. Sooft dies geschah, erregte es Aufsehen. Die Wohlwollendsten starrten sie an, als seien sie von einem anderen Planeten gefallen. Wenn sie durch die Straße gingen, bildeten sich an jeder Ecke Ansammlungen von Neugierigen, die Zurückhaltenderen lugten zwischen den Fensterläden hindurch, und die Mütter forderten ihre Söhne laut auf, nach Hause zu kommen. Die Schüchternheit Don Serafinos – die freilich nur sein Verhalten in der Öffentlichkeit bestimmte – litt nicht wenig, obwohl er es zu verbergen suchte.
»Gehen wir doch durch die Gärten unterhalb der Stadt«, schlug er an diesem Abend den Freunden vor. »Ist es euch recht? Nicht noch einmal über die Hauptstraße.«
»Du schämst dich unser«, warf Andrea ihm vor. »Kann man erfahren, weswegen?«
»Fang nicht schon wieder an«, antwortete der alte Priester.
»Sag mir lieber, ob ich richtig geraten habe«, beharrte Andrea.
»Gut also, ja. Wenn du in den Spiegel sehen würdest, wüßtest du auch den Grund.«
»Pax vobiscum«, sagte Luca lachend.
Dem äußeren Eindruck nach war er der Unauffälligste in der Gruppe. Seit er heimgekehrt war, hatte er sich gesäubert, ausgeruht und glich nun etwa einem Rentner, allerdings mit einer sehr elenden Rente. Sein Wesen strahlte Milde und

Gutherzigkeit aus. Von seinen Altersgenossen hatte keiner dem unschuldig aus dem Kerker Entlassenen ein Willkommen geboten.
Unschuldig? Fiel dies Wort, so rümpften die Alten die Nase. Unschuldig? Des Mordes? Vielleicht, aber sonst...
»Sieh mal«, sagte Luca an einer gewissen Stelle zu Andrea, »hier war früher eine sehr hohe Pappel. Du kannst dich nicht entsinnen, ich meine vor etwa fünfzig Jahren. Ihr Schatten zeigte die Stunden an, wenn schönes Wetter war.«
Mit einer langsamen Bewegung der Augen, von der Erde bis an den eingebildeten Wipfel, ließ er auf einen Augenblick den Umriß des Baumes wiedererstehen.
»Das war unsere Gemeindeuhr«, bestätigte der Priester. »Erinnerst du dich noch an den Dekorateur?« fragte er Luca. »Den, der im Wettbewerb der Diözese gesiegt hat. Wie hieß er schon?«
»Totonno«, sagte Luca. »Was für ein lustiger Mann das war.«
»Ihr wart befreundet«, fuhr der Priester fort. »An den Abenden vor den Feiertagen erleuchtete er die Pappel wie einen Altar.«
»Siehst du da unten, Andrea, wo die Apotheke ist?« fragte Luca. »Da lag ein unbebauter Platz. Am Sonntagnachmittag ging ich mit deinem Vater dorthin, um Boccia zu spielen.«
Ein Haufen von jungen Leuten verschiedenen Alters, alle aber braungebrannt, finster dreinblickend und in halsfreien Hemden, lungerte an einer Tankstelle. Sie sprachen mit rauher Stimme vom großen Radrennen um ganz Italien. Einem von ihnen vertraute Andrea sein Motorrad an.
Etwas weiter war, wie allabendlich, eine kleine Gruppe von Frauen mit ihren großen Bronzegefäßen um den Brunnen versammelt, um Wasser zu schöpfen. War der Krug voll, so half eine der anderen, ihn hochzustemmen und auf den durch ein Tragkissen geschützten Kopf zu stellen. Selbst die ältesten hoben das Kinn unter dem schweren Gewicht und schritten aufrecht dahin, damit das Wasser nicht überlief.
Das Nahen der drei schien die Frauen zu überraschen. Das übliche Geschwätz verstummte alsbald, so daß eine Stimme deutlich hörbar wurde, die sagte: »Gewisse Männer werden vom Herrgott erst erschaffen und dann zusammengekop-

pelt.« Allgemeines Gelächter war die Antwort. Da Andrea sich im gleichen Augenblick aus der Gruppe der Freunde loslöste, um eilends zum Brunnen zu gehen, mochten die Frauen wohl fürchten, daß er sie wegen dieser Anzüglichkeit zur Rede stellen wollte. So gab es, unter Gekreisch und mit Geklirr der aneinanderprallenden Bronzekrüge, eine allgemeine Flucht. Aber Andrea beabsichtigte nur, sich Gesicht und Hände zu kühlen, was er nun mit aller Gemächlichkeit tun konnte.

»Verschwinden wir«, drängte Don Serafino aufs neue.

Er wollte mindestens das Rathaus vermeiden.

»Hier kommen wir aber wieder unter dem Balkon der Blinden vorbei«, bemerkte Luca.

»Was will denn die Unglückselige von dir, wenn man fragen darf?« erkundigte sich Andrea. »Jedesmal, wenn du an ihrem Hause vorbeigehst, gibt es eine Szene.«

»Sie ist meine entfernte Base«, entschuldigte er sich verlegen.

Die drei Freunde bogen hinter der Pfarrkirche ab, wo eben die kleinen Katechismusschüler der ersten Klasse aus der Sakristei kamen. Manche von ihnen umdrängten Don Serafino, um ihm die Hand zu küssen. Gerührt schaute Luca zu.

»Von uns sind keine dabei«, sagte er leise zu Andrea.

Andrea war von diesen Worten ergriffener, als der andere sich gedacht hätte, gleichwohl antwortete er:

»Haben wir nicht Toni?«

»Das werde ich ihm berichten«, sagte Luca lächelnd. »Es wird ihm Freude machen.«

Unerwartet wurde Luca beim Namen gerufen. Der Anruf kam von einem gelähmten alten Mann, der, schmutzig und in Lumpen gehüllt wie ein Bettler, an die Mauer der Sakristei gelehnt stand. Aus seinem unterwürfigen Blick sprach Verderbtheit.

»Erkennst du mich nicht?« fragte er Luca.

»Nein«, sagte dieser, nachdem er ihn gemustert hatte. »Verzeih, ich kann dich nicht unterbringen.«

»Vor vielen Jahren haben wir zusammen gedient, in Ancona. Erinnerst du dich?«

»Der Korporal? Ja, zum Donnerwetter. Dir ist es aber übel ergangen.«

»Kann ich dich sprechen?« fragte der Korporal.
»Geht ruhig voran«, sagte Luca zu seinen Freunden. »Ich komme sofort nach.«
Die beiden gingen langsamen Schrittes weiter bis zu dem kleinen Platz vor den Schulen, wo Don Serafino vorschlug:
»Setzen wir uns, sonst wird er uns nicht finden. Es freut mich, daß endlich jemand an Luca das Wort richtet.«
In der Mitte des Platzes war eine ärmliche kleine Anlage mit ein paar elenden Bäumchen, einer Bank aus morschem Holz und einem riesigen uralten Pissoir, das mit unzüchtigen Zeichnungen besät war.
»Willst du hier haltmachen?« fragte Andrea und rümpfte die Nase. »Komm, da sich gerade die Gelegenheit bietet, und folge mir.«
Ohne die Antwort abzuwarten, bog er in eine abschüssige Gasse ein, die aus dem Dorf hinausführte, und der Priester sah sich genötigt, ihm zu folgen. Die Gasse war von Ställen, Schweinekoben und mit Blech gedeckten Hütten gesäumt. Auf den Schwellen der Behausungen saßen arme Leute, die ihre Suppe löffelten oder frische Luft schnappten.
»Wohin zum Teufel verschleppst du mich?« fragte der Priester Andrea, der mit immer eiligeren Schritten voranging. Aber er erhielt keine Antwort.
Die Gasse ging hinter den letzten Häusern in einen schmalen Feldweg über, der sich zwischen hohem Dornengestrüpp durchzwängte.
»Wie soll Luca uns wiederfinden?« haderte der Priester weiter.
»Eben«, sagte Andrea. »Dies eine Mal möchte ich ihn loswerden.«
Der Priester runzelte die Brauen und weigerte sich weiterzugehen.
»Komm«, fuhr Andrea ihn an. »Ich muß mit dir sprechen. Aber diesmal sehr ernstlich.«
Mehr als der Sinn der Worte mußte der Ton, in dem sie gesprochen waren, Don Serafino beunruhigen.
»Mein armer Freund«, sagte er, »du bist ja ganz besessen von dieser Angelegenheit.«
»Genau das richtige Wort«, bestätigte Andrea. »Besessen. Gern würde ich an anderes denken, aber ich kann nicht. Also,

ich bedaure, leider muß ich dir ein paar peinliche Fragen stellen.«

»Du solltest es aufgeben, Andrea«, flehte der Priester, »es wäre besser.«

»Besser für wen? Für deine Seelenruhe?«

»Andrea, ich berge im Grunde meines Herzens Erinnerungen, die noch immer bluten. Du solltest sie achten.«

»Wenn sie noch bluten«, sagte Andrea, »so tut es nicht gut, sie mit schmutzigen Tüchern zu verbinden.«

Der greise Priester erstarrte, als habe man ihn in das Gesicht geschlagen.

»Warum sagst du schmutzig? Sprichst du von mir?«

Andrea vermied eine klare Antwort.

»Herr im Himmel«, sagte er, »kann man nicht endlich erfahren, weshalb so viele Leute in Cisterna vor Luca Furcht haben? Weshalb niemand von seinem Prozeß zu sprechen wagt?«

»Bleib bei der Sache«, antwortete Don Serafino. »Du mußt mir Rede stehen: Glaubst du, daß ich ein Interesse an seiner Verurteilung gehabt haben könnte?«

»Ja, wenn ich offen sein soll, hab' ich auch in dieser Hinsicht etwas auf dem Herzen. Spielen wir mit offenen Karten. Komm, wir wollen noch etwas weiter fortgehen.«

Der Pfad führte jetzt durch offenes Land zwischen Feldern und Gärten dahin. In der Luft lag ein scharfer Duft von Pfefferschoten und frisch gemähtem Gras. Die beiden setzten sich auf den grasbestandenen Grabenrand.

»In den letzten Tagen bin ich geschäftlich in Aquila gewesen«, begann Andrea. »Die Stadt ist nicht groß, du kennst sie ja, ihr Leben ballt sich unter den fünfzig Meter langen Arkaden zusammen. Dort habe ich den Königlichen Staatsanwalt getroffen. Wir kamen auf Cisterna, folglich auf Luca Sabatini zu sprechen. Als er die große Teilnahme bemerkte, die ich für ihn empfinde, hat er mich seinem älteren, jetzt pensionierten Kollegen vorgestellt, der in dem berüchtigten Prozeß vor dem Schwurgericht, in dem Luca verurteilt worden ist, die öffentliche Anklage vertrat.«

»Lebt dieser widerwärtige Folterknecht noch?« fragte der Priester.

»Auch er erinnert sich deiner. Kurz und gut, er hat mir über

das Verhalten der Bevölkerung von Cisterna, den Pfarrer inbegriffen, gewisse Einzelheiten mitgeteilt, die, wenn sie wahr sind, stutzig machen.«
»Was kann er dir gesagt haben?« fragte Don Serafino. »Nichts hat der Unglücksmann von diesem Prozeß begriffen, das ist die Wahrheit. Er verhedderte sich darin wie ein Küken im Werg. Stell dir vor, daß er mit einem Mann wie Luca dadurch fertig werden wollte, daß er ihm Paragraphen aus dem Strafgesetzbuch und juristische Texte vorlas. Es war ein groteskes Schauspiel.«
»Ich glaube es dir«, sagte Andrea, »aber im Augenblick kommt es mir auf etwas anderes an. Wenn der alte Richter mich nicht falsch unterrichtet hat, hattest du während der Voruntersuchung Gelegenheit, mit Luca zu sprechen.«
»Ja, ich begleitete seine Mutter«, sagte Don Serafino. »Die arme Teresa war gewiß nicht in der Lage, allein zu reisen. Sie glich der Maria auf dem Leidensweg.«
»Euer Zusammentreffen muß wichtig, in einem gewissen Sinne sogar entscheidend gewesen sein.«
»In welchem Sinn?«
»Erinnerst du dich nicht, worüber du mit Luca gesprochen hast? Ich meine immer wegen des Prozesses.«
»Nein, du wirst verstehen, es ist so viele Jahre her.«
»Ich glaube dir nicht«, versetzte Andrea trocken.
Don Serafino sah ihn empört an. Er war bleich geworden.
»Was erlaubst du dir?« fragte er. »Jetzt verhörst du mich so wie damals dieser Dummkopf von Richter.«
»Es ist da ein Unterschied«, sagte Andrea mit ironischem Lächeln. »Er wollte einen lebenden Menschen nach einem gedruckten Buch richten, ich aber will niemand richten, weder dich noch andere. Ich will nur verstehen.«
Don Serafino richtete sich auf und schaute umher, wie um zu sehen, ob jemand sich näherte. Er war in Schweiß gebadet, und sein Atem ging schwer; er nahm den Hut ab und trocknete sich die Stirn mit einem großen Taschentuch.
»Schreien darfst du hier sogar«, höhnte Andrea, »hier hört dich niemand.«
»Willst du scherzen, Andrea? Was verlangst du von mir?«
»Die Wahrheit, sonst nichts. Antworte mir also. Warum hast du dich geweigert, als der Öffentliche Ankläger dich ersuchte,

von der Kanzel herab jeden, der etwas über Lucas Fall auszusagen hätte, aufzufordern, seiner Pflicht zu genügen?«

»Mach dich nicht lächerlich, Andrea«, stammelte Don Serafino aschfahl und verstört. »Du bist schließlich nicht mein Bischof.«

Bei diesen Worten wandte er ihm den Rücken und schickte sich an, allein in das Dorf zurückzugehen. Aber Andrea packte ihn bei der Schulter.

»Du kommst mir nicht davon«, sagte er. »Ich bin schneller und stärker. Gewiß, ich bin nicht dein Bischof, aber mit Luca befreundet, und verlange zu wissen, wieweit du an dem großen Unglück seines Lebens mitschuldig bist.«

»Bist du von Sinnen?« schrie Don Serafino mit einer Stimme, die furchtbare Angst verriet. »Frag doch Luca selber«, fuhr er fort, »und du wirst die Antwort auf deinen Vorwitz erhalten, die dir gebührt.«

»Nein«, sagte Andrea. »Luca ist zu gutherzig. Er könnte verziehen haben. Ich aber bin sein Freund und werde nie dem verzeihen, der ihm dies nicht wiedergutzumachende Leid angetan hat. Also antworte mir offen und ehrlich. Was dem Untersuchungsrichter von den Lauschern hinter der Tür mitgeteilt worden ist, deutet auf jemanden in Cisterna, dessen Zeugnis für die Freisprechung von Luca ausschlaggebend gewesen wäre. Es scheint, als sei dieser Jemand aussagebereit gewesen, vielleicht wartete er sogar schon im Flur des Gerichtes.«

»Gut«, sagte der Priester, »wenn du wirklich so viel weißt, sollst du alles wissen. Du sollst wissen, daß gerade Luca sich widersetzt hat.«

»Aha, ich sehe zu meinem Vergnügen, daß du dein Gedächtnis zurückgewonnen hast«, sagte Andrea boshaft. »Aber wozu brauchtest du seine Zustimmung? War es nicht deine Pflicht, ihn zu schützen, zu retten, auch gegen seinen Willen? Fragt man einen Selbstmörder nach seiner Meinung, wenn man ihm das Leben rettet?«

»Bedenkst du nicht«, antwortete Don Serafino mühsam mit wachsender Atemnot, »daß deine Vorwürfe in erster Linie die Mutter treffen würden? Wenn die arme Teresa den Wunsch ihres Sohnes achtete, so doch wahrscheinlich, weil sie seine

Beweggründe kannte und im tiefsten Herzen seine Ansicht teilte?«
»Die Mutter war eine gute Christin, eine treue Tochter der Kirche. Warst du es nicht vielleicht, der sie zu dieser unmenschlichen Selbstbescheidung verführt hat? Auf jeden Fall mußt du mehr wissen.«
Außer sich vor Entsetzen suchte Don Serafino erneut zu flüchten, aber Andrea ergriff ihn wieder beim Arm.
»Bring mich nicht soweit, daß ich dich prügle«, sagte er, ihn kräftig schüttelnd. »Ich bin durchaus dazu fähig, das schwöre ich dir. Trotz deiner Tonsur hätte ich es schon getan, wäre es nicht um deine weißen Haare. Das darf für dich aber kein Grund sein, meine Geduld so auf die Probe zu stellen.«
»Du bist wahnsinnig, wahnsinnig«, wiederholte der alte Priester mit Tränen in den Augen. »Eine solche Behandlung ist mir in meinem ganzen Leben noch nicht widerfahren.«
Andrea ließ sich nicht rühren; der Ausdruck seines Gesichtes war grausam und unbarmherzig.
»Wer war die Persönlichkeit, die geneigt war, für Luca auszusagen?« beharrte er. »Worin bestand das Zeugnis, das seine Unschuld erwies?«
»Schweig«, sagte der Priester. »Da ist Luca.«
»Ich werde ihn bitten, fortzugehen und uns allein zu lassen«, sagte Andrea entschieden. »Jetzt kommst du mir nicht mehr los.«
Luca näherte sich mit großen Schritten, gefolgt von einer kleinen Dogge, die hinter ihm her kläffte und ihn ab und zu anzuspringen versuchte.
»Höre«, flüsterte Don Serafino Andrea zu.
Sein Kinn zitterte beim Sprechen.
»Ich komme morgen abend nach dem Essen bei dir vorbei. Jawohl, ich verspreche es dir.«
»Was für verstörte Gesichter ihr habt?« rief Luca, als er sie eingeholt hatte. »Ist euch etwas zugestoßen?«
»Was wollte der Korporal von dir?« fragte Andrea.
»Eine kleine Anleihe«, antwortete Luca lächelnd.

9

Am Hange des Hügels waren Landarbeiter daran, den steinigen Boden zu umbrechen. Die Erde war an der Oberfläche trocken und unfruchtbar, so daß man tief graben mußte, um auf Humus zu stoßen. Der unbebaute kleine Hügel war spärlich mit dürftigen Obstbäumchen bestanden. Als Andrea in Sicht kam, warf einer der Arbeiter, ein junger Bursche mit nacktem Rücken, rot im Gesicht und mit einer großen schwarzen Locke in der Stirn, die Spitzhacke fort und rannte ihm lächelnd entgegen. »Kommst du heut abend in die Versammlung?« fragte er begierig.
»Ja, bestimmt, ich hab's dir ja versprochen«, antwortete Andrea.
»Man sieht dich so selten ...«
»Du mußt entschuldigen, ich habe noch zu tun, es wäre schwer, dir zu erklären ...«
»Wir würden uns freuen, zu hören, wie du die Frage anpackst«, fügte der Junge unter Überwindung seiner Schüchternheit hinzu.«
»Welche Frage?«
»Die der Emanzipierung. Wir würden dich gern debattieren hören.«
»Ich komme, ich verspreche es dir, sobald ich frei bin«, sagte Andrea und drückte ihm die Hand.
Der junge Tagelöhner ging wieder an seine Arbeit.
»Ein sonderbarer Kauz«, sagte einer der Bauern, der Andrea nachschaute.
»Er hatte die Lage hier in der Hand«, sagte ein anderer. »Durch seine Verrücktheiten verdirbt er sich alles.«
»Wenn er keine Empfehlungen gibt, wird er bei den Wahlen keine Stimmen bekommen«, fügte der erste hinzu.
»Er wird sich nicht aufstellen lassen«, sagte der Junge, »er ist nicht auf Stimmen aus.«
»Was will er denn dann?« fragten mehrere.
»Die Emanzipierung, die Emanzipierung der Arbeit.«
»Was ist das? Die Eisenbahn? Immer wieder spricht man davon; immer spricht man vor den Wahlen von der Eisenbahn.«

»Nicht doch, nicht die Eisenbahn«, widersprach der Junge. »Er wird euch erklären, um was es sich handelt.«
Andrea überschritt den grasbewachsenen Platz vor der ländlichen Kapelle von San Silvestro, die im Frühling alljährlich das Ziel der Bittprozessionen war. Vor dem hölzernen Laufsteg, der über ein kärgliches Rinnsal führte, blieb er stehen. Er wurde der *Hasensteg* genannt. Andrea mußte daran denken, daß er als Knabe an jener Prozession teilgenommen hatte, die denkwürdig geblieben war, weil vor den Gläubigen gerade auf diesem Steg unversehens ein Hase aufgetaucht war. In weniger als einer Sekunde hatten die Teilnehmer ihre Kerzen und das Kruzufix auf den Boden geworfen und sich der Jagd auf das zur Unzeit erschienene Tierchen hingegeben. Aber obwohl sie es von allen Seiten einzukreisen versuchten, blieb es unauffindbar, als habe die Luft es verschlungen. Nach Don Serafino handelte es sich um eine Erscheinung des Teufels. Es erregte damals Aufsehen, daß der Teufel eine derartige Vorliebe für diese Stelle bekundete. In der Tat hatte hier nämlich Lucas Unglück begonnen, der einige Jahre zuvor im Morgengrauen einer Nacht, in der auf der Staatsstraße ein Kaufmann in seiner Kalesche ermordet worden war, hier verhaftet wurde. Die Stelle war nur wenige Kilometer vom Tatort entfernt. Neben dem Laufsteg befand sich die Schleuse, die, wenn die Mühle arbeitete, das Wasser durchließ. Andrea folgte dem Pfad auf dem Damm des alten, jetzt von Unkraut überwucherten Grabens und erreichte schnell die Mühle. Es war ein niedriges, weiträumiges Gebäude mit nur einem Stockwerk und einer Tenne davor, wo einstmals die Fuhren und Saumtiere gehalten hatten, welche das Getreide brachten und das Mehl fortschafften. Die Tenne war von hohen Pappeln umgeben, hinter denen der kleine Fluß rann. An einer der Pappeln war ein Esel festgebunden; daneben graste eine Ziege.
Der alte Ludovico saß stumpf, mit dem Rücken an den Türpfosten gelehnt, auf der Hausschwelle. Agnese, seine Frau, erschien und verschwand, offensichtlich erschrocken und erzürnt, in der Türöffnung.
»Was hast du hier zu suchen?« keifte sie den Besucher wütend an, noch bevor er den Mund aufgetan hatte.
»Hat Don Serafino euch nicht vorbereitet?« antwortete Andrea. »Er muß euch erklärt haben, weswegen ich komme.«

»Wenn wir den Priester brauchen, gehen wir in die Kirche«, antwortete die Alte und verschwand wieder im Hause. »Hier sind wir in unserem Hause«, schrie sie von innen.
»Ich komme, um mit dir zu sprechen«, sagte Andrea zu Ludovico. »Jawohl, mit dir.«
Der Alte warf ihm einen scheelen Blick zu.
»Ich habe dir nichts zu sagen«, brummte er. »Ich weiß nichts. Geh.«
»Wenn nötig, will ich dir das Gedächtnis auffrischen«, sagte Andrea mit einem Tonfall, der nichts Gutes verhieß. »Ich bin hierher gekommen, um mit dir über das zu sprechen, was du weißt, und werde nicht gehen, bevor du nicht ausgepackt hast.«
»Ich weiß nichts«, wiederholte der Alte mit bebender Stimme. »Gar nichts.«
Andrea näherte sich und suchte ihm freundlich zuzureden.
»Hör«, sagte er. »Unsere Familien haben immer gute Nachbarschaft gehalten. Weshalb sollen wir uns streiten?«
Es war, als habe er gegen eine Wand gesprochen. Ludovico beachtete ihn nicht mehr.
»Hörst du mich?« schrie ihn Andrea an. »Hörst du?« Die alte Agnese erschien wieder in der Türöffnung.
»Bist du noch da?« kreischte sie mit wütend gefletschten Zähnen. »Was hast du hier zu suchen? Sind wir nicht mehr Herren in unserem Haus?«
»Halte den Mund, alte Hexe«, sagte Andrea in entschiedenem Tone. »Ihr wollt also nicht sprechen? Wie dumm von euch. Wenn ihr so weitermacht, könnt ihr mich höchstens dazu zwingen, das Programm meines Besuches zu ändern und gewisse Abrechnung von euch zu fordern. Das wäre für euch beide sehr viel unangenehmer.«
Diese vielleicht unerwarteten, vielleicht auch gefürchteten Worte verfehlten ihren Eindruck nicht. Der Alte hob langsam den großen Kopf und blinzelte ihn scheu an, wie eine Eule, die das Licht schmerzt.
»Ich verstehe nicht«, sagte er.
»Reichlich schwer von Begriff«, antwortete Andrea. »Dein Esel wüßte längst, was gemeint ist.«
»Niemand wird gern im eigenen Haus belästigt«, sagte Agnese weinerlich.

»Eigenes Haus?« wiederholte Andrea mit spöttischem Lächeln. »Ihr bildet euch also ein, daß die Unterlagen für eine gewisse Hypothek vernichtet sind? Nur deshalb, weil ich in all den Jahren, in denen ich fort war, von euch niemals die Zahlung der Zinsen verlangt habe, bildet ihr euch ein, die Akten seien verlorengegangen oder verbrannt? Aber, ich sage es noch einmal, davon wollte ich eigentlich nicht sprechen.«
Vielleicht, um ihnen Zeit zum Überlegen zu lassen, entfernte sich Andrea und schlenderte um die Mühle herum. Doch konnte sein Verhalten auch als flüchtige Erkundung des Anwesens durch einen Gläubiger aufgefaßt werden. Er hörte laute Stimmen, als ob die beiden sich zankten. Auf dem der Schleuse zu abfallenden Hang jenseits der Mühle lag ein herrlicher, vor kurzem gefällter Nußbaum. Als Andrea näher kam, flog aus dem Gewirr der Zweige ein Schwarm von Spatzen auf. Der Himmel war bleich, einförmig, gleichgültig. Bedächtigen Schrittes kehrte er auf die Tenne zurück, wo er die beiden Alten noch verschüchterter antraf, als er sie verlassen hatte.
»Ich hatte euch meinen Besuch durch Don Serafino ankündigen lassen«, wiederholte er in versöhnlichem Ton, um sie nicht zu verschrecken. »Zum Teufel, ich will euch doch nichts Böses antun.«
»Unsere Familien haben immer in Frieden gelebt«, sagte der Alte. »Was mich anbelangt...«
»Aber arme Leute fürchten sich vor allem«, greinte die Alte. »Der Prügel gewöhnte Hund hat Angst sogar vor der Backschaufel oder dem Weihwedel.«
Agnese rief jammernd die Heilige Jungfrau an: »Madonna von Loreto, Madonna von Pratola, hilf du mir«, sagte sie und wischte sich die Augen mit der Schürze. Plötzlich fiel ihr etwas Dringendes ein. Sie rannte in das Haus und holte einen Stuhl, den sie Andrea anbot.
»Entschuldige«, sagte sie. »Hättest du gern ein Glas Wein? Wenn ich für die armen Toten bete«, fügte sie hinzu, »vergesse ich deinen Vater und deine Mutter nie.«
Ludovico schaute wie ein verängstigtes Tier, mit blutunterlaufenen Augen zu Boden, bald hierhin, bald dorthin. »Siehst du, wie wir heruntergekommen sind?« sagte er. »Mein ganzes

Leben hab' ich gearbeitet, Tag und Nacht, vom zwölften Jahre an. Sieh, wie heruntergekommen wir sind.«
Andrea setzte sich nahe zu Ludovico.
»Ich hatte die Mühle, sie steht still«, klagte Ludovico. »Ich hatte ein Fünftel des Waldes, es ist zu Asche geworden.«
»Du wirst doch hoffentlich Luca nicht bezichtigen?« sagte Andrea.
»Was weißt du schon davon?«
»Unsinn, nimm doch Vernunft an. Du weißt genau, daß Luca damals im Zuchthaus saß.«
»Seine Sünde war aber hier.«
»Was für eine Sünde?«
»Wie eine Pest war sie hier, wie ein Geschwür. Überall, in der Luft, in der Erde. Unser Ruin.«
»Hör zu«, sagte Andrea. »Ich möchte dir deine Zeit nicht stehlen. Sprechen wir gleich von Lucas Prozeß.«
»Noch einmal«, schrie Agnese. »Haben sie den Prozeß wieder aufgenommen? Verdammt noch einmal, hört denn diese Sache niemals auf?«
»Sobald von dieser verfluchten Geschichte gesprochen wird«, murmelte Ludovico, »fangen die Leute an, mich so eigentümlich anzusehen. Soll das wieder losgehen?«
»Niemand denkt daran, den Prozeß wieder aufzunehmen«, erklärte Andrea. »Luca ist begnadigt worden, und das genügt ihm. Er legt keinen Wert auf den Freispruch. Du wirst ja wissen, wie er ist. Ich im Gegenteil bin zwar sein Freund, aber so beschaffen, daß ich den Dingen auf den Grund gehen muß. Und diesen armen Kerl habe ich noch nicht verstanden.«
Agnese starrte ängstlich ihren Mann an, während Ludovico schweigend wie blöde zu Boden schaute.
»Hast du gehört?« fragte Andrea.
Endlich hob der Alte die Augen. »Was willst du verstehen?« fragte er ihn. »Diesen verfluchten Prozeß? Daraus ist nie ein Mensch klug geworden.«
»Hast du gewußt, daß Luca unschuldig war?« forschte Andrea.
»Unschuldig ist nur ein einziger gewesen, unser Herr Jesus Christus«, antwortete Ludovico.
»Keine Spitzfindigkeiten«, beharrte Andrea. »Ich meine, ob

du wußtest, daß Luca an dem Mord unschuldig war, für den er verurteilt worden ist?«
»Daß er unschuldig war«, sagte Ludovico, »das wußten alle. Mehr oder weniger.«
»Wie, alle?« widersprach Andrea. »Auch die Geschworenen?«
»Ich glaube, ja.«
»Auch die Richter?«
»Aber sicherlich, die Richter sind doch nicht dumm.«
»Warum haben sie ihn dann deiner Ansicht nach verurteilt?«
»Irgendeinen mußten sie verurteilen. Ein Mann war ermordet worden. Luca war angeklagt.«
»Warum verurteilten sie Luca und nicht jemand anders, nicht meinen Vater, oder dich?«
»Wir waren nicht angeklagt; wir hatten mit unseren eigenen Angelegenheiten zu tun, bei uns zu Hause.«
»Und Luca nicht?«
»Scheinbar nicht. Wenn er zu Hause gewesen wäre, hätten sie ihn nicht angeklagt.«
»Inwiefern beschäftigte er sich nicht mit seinen Angelegenheiten?«
»Das weiß er sicher besser als ich. Da er dein Freund ist und ihr immer zusammen seid, müßtest du ihn fragen.«
»Wie dem auch sei, wie erklärst du dir, daß er, obwohl unschuldig, zum Zuchthaus verurteilt worden ist?«
»Er hatte den Prozeß verloren. So geht es den Angeklagten immer, die den Prozeß verlieren. Du bist Lehrer, du müßtest mehr von diesen Sachen verstehen als ich.«
»Nicht kneifen, Ludovico.«
Der Alte schwitzte und stöhnte. Er sprach mühsam, in einem kaum verständlichen Dialekt. Agnese ließ ihn nicht aus den Augen; sie litt für ihn mit und litt selber.
»Ludovico, versuch mal, mir vernünftig zu antworten«, drängte Andrea, über ihn geneigt. »Könnte es nicht sein, daß Luca den Prozeß verloren hat, weil jemand, der für ihn hätte aussagen können, dies unterließ?«
Ludovico schloß die Augen und antwortete nicht.
»Fühlst du dich krank?« fragte Agnese.
»Es geht ihm ausgezeichnet«, versicherte Andrea. Dann

wandte er sich erneut an Ludovico: »Hast du meine Frage verstanden?«

»Ich hab' verstanden«, antwortete Ludovico und schaute mit den Augen eines verprügelten Hundes ängstlich zu ihm auf. »Ich hab' verstanden. Aber bei Christi Blut, wozu das? Wozu die Wunde wieder aufreißen?«

»Laß das nicht deine Sorge sein«, sagte Andrea. »Es stimmt also, daß du zu denen gehörst, welche Beweise für Lucas Unschuld hatten?«

»Unschuldig ist nur unser Herr Jesus Christus.«

»Ich spreche nicht von der Erbsünde«, sagte Andrea, der sich kaum noch beherrschen konnte. »Ich meine den Mord, dessen Lucas fälschlich bezichtigt worden ist. Du wußtest um seine Unschuld.«

Ludovico bejahte mit einem kaum merklichen Nicken des Kopfes.

»Wußtest du, daß er sich zu der Stunde, als das Verbrechen geschah, woanders aufhielt?«

Der Alte nickte abermals langsam.

»Es war die Nacht des Teufels«, murmelte er.

»Sag, was du weißt«, beschwor ihn die Frau. »Wenn du schweigst, könnte man denken, daß wir armen Unschuldigen schuld haben.«

»Ich hab' Luca in dieser Nacht gesehen«, hauchte Ludovico. »Das ist alles. Sonst weiß ich nichts, beim wahrhaftigen Gott.«

»Sprich weiter«, ermunterte ihn die Frau. »Sag, wie es geschah, daß du ihn sahst. Wenn du schweigst, bringst du uns in Verdacht.«

»Fang du doch an«, sagte Ludovico wütend zu der Frau. »Hast nicht du mich geweckt?«

Andrea wandte sich an Agnese. »Nur Mut«, sagte er. Die Alte bekreuzigte sich.

»Ja, es war meine Schuld«, begann sie zu erzählen. »Noch heute weiß ich nicht, ob die Heilige Jungfrau mir es eingab oder der Teufel. Diese furchtbare Nacht zu verstehen ist schwierig. Es war ein Freitag.«

»Macht nichts, nur weiter.«

»Am Donnerstagabend hatten Ludovico und ich uns später als gewöhnlich niedergelegt. Wir hatten das Schwein geschlachtet und lange mit dem Einpökeln des Speckes und der

Schinken zu tun gehabt. Da ich sehr müde war, schlief ich sofort ein. Aber von meiner Erschöpfung abgesehen, schlief ich, weckten mich nicht einmal Kanonenschüsse. Müllersleute sind ja harthörig. Doch diesmal schrak ich mitten in der Nacht aus dem Schlaf und weckte meinen Mann. Ich hatte gesehen, wie Luca sich in den Kanal stürzte, wie er dort unten verzweifelt gegen das Wasser ankämpfte, hatte ihn schreien hören und daß er mich zur Hilfe rief. Schon andere Male hatten andere ...«

»Einmal«, verbesserte der Mann.

»Du vergißt den Feuerwerker«, erklärte Agnese. »Im Jahr zuvor hatte der Feuerwerker sich ins Wasser gestürzt.«

»Nur einer«, wiederholte Ludovico.

»Du vergißt die Frau des Schäfers«, sagte Agnese. »Das war zehn Jahre früher, im Jahr, in dem wir geheiratet hatten.«

»Macht nichts«, sagte Andrea. »Nur weiter, die anderen Fälle tun nichts zur Sache.«

»Ich weckte meinen Mann, ich erzählte ihm den Traum. Ich war dermaßen erschrocken und außer mir, wie es nie jemand durch einen gewöhnlichen Traum sein kann. Aber es war eben kein Traum. ›Heilige Mutter Gottes‹ schrie ich, ›steh mir bei.‹«

»Sie war außer sich«, bestätigte Ludovico. »Ich habe sie oft erregt gesehen, aber niemals wie damals. Es war, als hätte sie Krämpfe. Ich begriff, daß es nur ein Mittel gab, sie zu beruhigen, ich mußte aufstehen und nachschauen. Eine schöne Bescherung. Wir waren mitten im Winter, der Nordwind ließ die ganze Mühle pfeifen, als stecke sie voller Schlangen. Ich nahm den schweren Mantel, einen Stock mit eiserner Spitze und entzündete eine Laterne.«

»Erst als ich ihn hinausgehen sah, beruhigte ich mich etwas«, fuhr Agnese fort. »Ich kroch aus dem Bett, hüllte mich in meinen warmen Rock und stellte mich hinter die Fensterscheibe, um seinen Weg zu verfolgen. Die Nacht war schwarz wie Pech, aber es lag etwas Schnee, so daß man sehen konnte.«

»Verstehen?« unterbrach Ludovico, zu Andrea gewandt. »Du redest dir ein, verstehen zu wollen? Aber kein Mensch hat je begriffen, was in dieser verfluchten Nacht vorging.«

»Weiter, bitte«, sagte Andrea. »Was hast du gesehen?«

»Einen Augenblick«, sagte der Alte. »Wo war ich stehengeblieben? Aha, ich nahm also den Stock und die Laterne und ging hinunter. Kaum war ich draußen, verschlug mir die Kälte schier den Atem. Vom Glockenturm der Pfarrkirche trug der Wind mir die Stundenschläge zu. Es war drei, eine Wolfszeit. Ich fing hier hinten beim Wehr an, schlug den Pfad am Kanal ein und machte mich langsam der Mühlenschleuse zu auf den Weg. Das Wasser war gefroren. Wenn einer hineingefallen wäre, hätte er das Eis zerbrochen. Ich hob die Laterne, um den Kanal überblicken zu können, und horchte auf das geringste Geräusch. Auch der körnige Schnee, der den Boden deckte, war gefroren, so daß ich achtgeben mußte, nicht auszugleiten und selbst ins Wasser zu rutschen. Als ich schon schwankte, ob ich noch weitergehen sollte oder nicht, sah ich den Schatten eines Mannes, der sich an eine Pappel lehnte. Was konnte ein Mann um diese Stunde an diesem Ort tun? Ich wandte mich nach dem Hause um, sah das Fenster im ersten Stock erleuchtet und meine Frau hinter der Scheibe. Das machte mich kühn genug, auf den Schatten zuzugehen. Ein Mann von mittlerer Größe, in einen Mantel gehüllt, wie der meinige, starrte mit dem Rücken an die Pappel gelehnt in den Kanal. ›Heda, du, wer bist du?‹ rief ich ihn an. ›Was machst du hier um diese Zeit?‹ Ohne zu antworten, drehte er mir langsam den Kopf zu. Ich näherte mich noch mehr und erkannte Luca. Ich hatte den Eindruck, als hätte er sich an den Baum gelehnt, um nicht zu fallen.

Wenn ich die Wahrheit sagen soll«, fuhr der Alte fort, »so hat zwischen uns nie große Freundschaft bestanden. In den letzten Jahren grüßten wir uns nicht einmal mehr. Aber seine Anwesenheit hier, um diese Nachtzeit, und besonders nach Agneses Traum, konnte mich doch nicht gleichgültig lassen. ›Luca‹, sagte ich, ›weshalb bist du hier? Bist du krank? Willst du nicht nach Hause gehen? Willst du in die Mühle kommen, etwas Warmes trinken?‹ Er antwortete nicht. Einmal fragte er nur: ›Wie spät ist es?‹ – ›Vor kurzem hat es drei geschlagen‹, antwortete ich. ›Hörst du, Luca?‹ sagte ich. ›Es ist drei Uhr, Zeit zum Schlafen.‹ Da fragte er noch: ›Drei Uhr am Tage oder drei Uhr nachts?‹ So durcheinander war er. Seine Stimme war schwach, aber nicht verändert durch Trunkenheit oder so. Ich versuchte ihn beharrlich zu überreden, fortzugehen, aber umsonst. ›Laß mich‹, sagte er. Ich dachte, daß, wenn er ins Wasser hätte springen wollen, er dazu schon Zeit gehabt hätte, und daß er sich, wenn er blieb, wo er war, schlimmstenfalls eine Lungenentzündung holen konnte. So ging ich einigermaßen beruhigt nach Haus zurück.«

»Sicher hättest du ihn besser gezwungen, in die Mühle zu kommen«, sagte Agnese. »Aber wer konnte es wissen? Ich hatte, ich glaube, ich sagte es schon, dank der Laterne den Weg meines Mannes verfolgen können. Da das Fensterchen nach Norden geht, schnitten mir die Windstöße, die durch die Läden eindrangen, wie Messer in die Haut. In dieser Nacht habe ich mir einen Rheumatismus geholt, den ich nie wieder losgeworden bin. Da ich immer die Laterne im Auge behielt, hab' ich ebenfalls an einem gewissen Punkt den Schatten wahrnehmen können, der an die Pappel gelehnt war. ›Wer ist es?‹ fragte ich Ludovico, kaum daß er zurück war. ›Luca‹, antwortete er. Er war also der Mann, der mich im Traum um Hilfe gebeten hatte. ›Weshalb hast du ihn dort gelassen?‹ tadelte ich meinen Mann. ›Ich konnte ihn mir doch nicht auf die Schultern laden‹, antwortete er.«

»Niemand konnte wissen, was im gleichen Augenblick dort ganz in der Nähe geschehen sollte«, murmelte Ludovico.

»Mein Mann ging wieder zu Bett«, fuhr Agnese fort. »Ich aber blieb am Fenster festgewurzelt und starrte auf diesen Schatten an der Pappel. Ich war keineswegs beruhigt. Ich begann meinen Rosenkranz herzubeten. Mir wurde immer bänger zumute. Ich fühlte, daß sich etwas Entsetzliches ereignete, etwas, das ich nicht verstand. ›Heilige Mutter Gottes‹, wiederholte ich immer wieder im stillen. Ich weiß nicht, wieviel Zeit so verstrich.«

»Es war eine verflucht lange Nacht«, sagte Ludovico. »Ich bin mehrmals aus dem Schlaf hochgefahren, es war immer dunkel.«

»Eine so lange Nacht hat es nie gegeben«, fuhr Agnese fort. »Es wollte gar nicht Tag werden. Endlich sah ich in einem gewissen Augenblick, wie der Schatten sich vom Baum löste. Sogleich weckte ich meinen Mann. Das muß kurz vor der Morgendämmerung gewesen sein, es hatte sich etwas aufgeklärt. Gemeinsam beobachteten wir, wie Luca auf die Schleuse und auf das Dorf zuging. ›Gott sei Dank‹, sagte ich zu meinem Mann. ›Er will sich nicht mehr umbringen, die Mutter Gottes hat ihm geholfen.‹«

»Wie spät mochte es sein?« fragte Andrea.
»Beinahe fünf Uhr«, sagte Ludovico.
»Dazu war es noch nicht hell genug«, berichtigte Agnese.
»Es war doch Winter«, beharrte Ludovico ärgerlich. »Deshalb graute der Morgen spät. Kaum hatten wir uns wieder schlafen gelegt, als der Wind uns die Glockenschläge von der Kirche zutrug. Es waren fünf Schläge. Sie klingen mir heute noch im Ohr. Für Luca wurde es nimmer Tag, aber auch für andere brach der Abend an ... Du siehst, wohin der Fluch uns gebracht hat.«
»Wurde Luca sofort verhaftet?« fragte Andrea.
»Auf der Stelle«, sagte Ludovico. »Am Hasensteg.«
»Den Carabinieri«, berichtete Agnese, »war gemeldet worden, daß ein bis zwei Stunden vorher ein Mann auf der Straße nach Avezzano beraubt und ermordet worden war. Kaum waren sie zu ihrer Streife ausgezogen, als sie Teresa trafen, die Mutter von Luca. ›Mein Sohn ist heute nacht nicht heimgekehrt‹, sagte die Frau. ›Vielleicht habt ihr ihn wegen Trunkenheit festgenommen.‹ Wenige Minuten später wurde Luca gesehen, der in das Dorf zurückging. Er war schmutzig, verfroren und todmüde, wie jeder, der im Winter eine Nacht im Freien zugebracht hat. ›Wo kommst du her?‹ fragten sie ihn in Gegenwart der Mutter. ›Das ist eine Sache, die euch nichts angeht.‹ Und dabei ist er geblieben bis zu seiner Verurteilung.«
»Weshalb hat Luca nicht angegeben, wo er die Nacht verbracht hatte?« fragte Andrea. »Die Wahrheit hätte gewiß merkwürdig angemutet, es war doch aber keine Schande. Weshalb hat er dich nicht als Zeugen genannt?«
»Bah, das fragst du besser ihn«, versetzte Ludovico gereizt. »Ihr seid ja immer zusammen.«
»Aber ihr?« fragte Andrea weiter. »Weshalb sagtet ihr nicht, was ihr zu seinen Gunsten wußtet? Euer Zeugnis allein hätte genügt, um ihn zu retten.«
»Luca widersetzte sich«, fuhr Agnese los.
»Weshalb?« fragte Andrea aufs neue.
»Ich weiß nicht«, antwortete Ludovico.
»Hältst du ihn für verrückt?«
»Nein.«
»Also muß doch da irgendein Grund sein. Was meinst du?«

»Ich hab' dir erzählt, was mich angeht«, antwortete der Alte. »Das Sonstige kümmert mich nicht. Man kann dem Esel nicht die Arbeit des Ochsen zumuten.«
»Willst du alles wissen?« redete Agnese plötzlich dazwischen. »Soll ich dir wirklich alles sagen? Ich geb dir mein Wort, daß von einem gewissen Augenblick an sich kein Mensch mehr in dieser Geschichte zurechtfand. Sie wurde klar und deutlich zu einer persönlichen Frage zwischen Gott und dem Teufel.«
»Wie gewöhnlich«, murmelte Ludovico, »hat der Teufel gesiegt.«
»Laß das auf sich beruhen«, sagte Andrea gelangweilt, »ich begnüge mich mit viel weniger. Ich habe noch eine bestimmte Frage an dich zu richten.«
»Noch immer?« sagte Ludovico mit kläglicher Stimme.
»Weshalb hast du dich beim Prozeß nicht gemeldet?«
»Als ein Aufruf des Untersuchungsrichters erging«, sagte Ludovico, »bin auch ich zusammen mit Don Serafino, der damals noch Pfarrer war, und mit Teresa, der Mutter von Luca, nach Aquila gegangen. Sie ließen mich in einer Herberge zurück. ›Rühr dich nicht von hier fort‹, sagte mir der Pfarrer. ›Sprich mit niemandem. Sollten sie dich fragen, weswegen du gekommen bist, erzähl irgendeine Lüge.‹ Ich aß und schlief in diesem Gasthaus. Nicht einmal um Luft zu schöpfen, setzte ich den Fuß hinaus. Sie kamen erst am nächsten Tage zurück. Die Mutter, die Ärmste, sah aus, als wäre sie am Sterben. ›Es ist nichts zu machen‹, sagte sie mir. ›Du kannst fortgehen, kannst nach Hause‹, sagte mir der Pfarrer, ›erzähl niemandem, daß du hier gewesen bist.‹ Dann händigte er uns die Reisespesen aus.«
»Die Sache hing nicht mehr von den Menschen ab«, sagte Agnese. »Verstehst du? Sie hing nicht mehr von den Richtern ab noch von den Zeugen noch von den Angehörigen.«
»Darf ich einen Blick durch das Fenster werfen?« fragte Andrea. »Nur soviel, um mir einen Begriff zu machen.«
Agnese erhob sich und ging ihm voran in das Innere des Hauses. Über eine steile Stiege kletterten sie in den oberen Stock.
»Hier ist das Fenster«, sagte die Alte. »Da unten, ungefähr wo du jetzt diese Weide siehst, war damals die Pappel, an die angelehnt er dastand.«

10

Die beiden großen Dörfer Cisterna und Perticara liegen einander verborgen auf zwei entgegengesetzten Hängen des gleichen Berges, sie kehren sich gleichsam den Rücken. Um gemächlich von einem Ort in den anderen zu gehen, braucht man jedoch höchstens eine knappe Stunde. Luca hatte den Abend vor seiner Verhaftung in Perticara zugebracht, im Hause seiner Verlobten, zusammen mit ihr, ihrer kleinen Familie und anderen Verwandten. Diesem Beisammensein waren in den Akten des Prozesses viele Seiten gewidmet. Alle, die dabeigewesen waren, waren vernommen worden, sogar mehrmals. Der Öffentliche Ankläger hatte ihren Aussagen die hauptsächlichen Beweisgründe für seine Anklage entnommen. Auch der größte Teil der Notizen, die Andrea sich beim Lesen der Akten machte, betraf diesen Abend.

Seit ungefähr zwei Jahren war Luca mit dem Mädchen aus Perticara versprochen; der Zusammenkunft an jenem Abend war auch für ihn eine frohe Bedeutung zugedacht. War doch ausgemacht worden, daß dort das endgültige Datum für die Hochzeit festgesetzt werden sollte. Das Gegenteil war eingetreten. Nach ziemlich wirren Reden, die auf die Bitte um einen abermaligen Aufschub hinausliefen und in den Protokollen der Carabinieri den bedrohlichsten Sinn annahmen, hatte Luca schließlich seine Braut angefleht, auf die Angelegenheit nicht mehr zurückzukommen.

»Heute will ich nach Perticara«, sagte Andrea zu Don Serafino. »Ich habe schon einen meiner Freunde dort drüben benachrichtigt.«
»Verlorene Zeit«, meinte der Priester.
»Das dachte ich auch vor meinem Besuch bei Ludovico. Und doch habe ich ihn zum Sprechen gebracht.«
»Das war wirklich ein Wunder. Aber Wunder begeben sich nicht alle Tage. Wie gefällt es dir bei deinem Vetter?«
»Nicht abschweifen. Auch dich werde ich schon noch dazu bringen, daß du auspackst.«

»Da irrst du dich aber.«
»Ich werde selbst Steine zum Reden bringen.«
Andrea stand bleich mit den Händen in den Taschen im Arbeitszimmer des Priesters am Fenster. Er blickte Don Serafino finster an.
»Andrea, du enttäuschst mich wahrhaftig«, sagte der Priester. »Ich hielt dich für einen Sozialisten, ich glaubte, du seist mit den Problemen der Gegenwart beschäftigt. Statt dessen finde ich bei dir eine Leidenschaft für Archäologie.«
»Ich wußte nicht, daß du dich für ein Museumsstück hältst.«
»Weißt du, daß Luca Verdacht zu schöpfen beginnt? All diese einsamen Fahrten hinter seinem Rücken ...«
»Hoffentlich sind nicht deine Indiskretionen daran schuld. Ich empfehle dir, wenigstens in diesem Punkt redlich zu sein.«
»Genügt dir denn nicht, was du von Ludovico erfahren hast? Genügt dir nicht die Gewißheit, daß Luca unschuldig ist?«
»Von Lucas Unschuld war ich schon im Alter von acht Jahren überzeugt. Was ich nicht verstehe, ist diese Gegend hier.«
»Es ist dein Dorf, du bist hier geboren und aufgewachsen.«
»Ich verstehe es nicht. Hinter jedem Geheimnis lauert ein anderes. Hat man einen Schleier heruntergerissen, steht man vor einem noch dichteren. Glaub mir, ich finde keine Ruhe, bevor ich verstanden habe.«
»Da ist wenig zu verstehen. Du verlierst deine Zeit.«
Andrea war beim Rathaus am kleinen Platz von Perticara mit dem Motorrad vorgefahren und hatte gleich eine Menge Neugierige angelockt. Andere kamen aus den kleinen Läden rings um den Platz und auch aus dem Rathaus, dessen alte Fassade ganz mit politischen Plakaten bedeckt war. Eines davon, ein weißes von der Größe eines Lakens, stach mit seiner roten Aufschrift besonders in die Augen. Sie lautete: *Der Schnurrbärtige kommt.*
Schnell bahnte sich ein stattlicher junger Mann im Monteuranzug, den Andrea kannte, durch das Gedränge der Gaffer einen Weg. »Ich habe Gelsomina benachrichtigt«, sagte er lachend. »Sie erwartet dich.«
»Wer ist das?«
»Die Schwester der armen Lauretta. Die einzige aus der Familie, die noch lebt. Komm, ich zeig' dir den Weg.«

»Kennt Gelsomina den Zweck meines Besuches? Es wird dich Mühe gekostet haben, sie zu überreden.«
»Wo denkst du hin? Gelsomina ist eine Genossin, die Geschäftsführerin unseres Konsumsvereins. Es ist für sie eine Ehre, wahrscheinlich kennt sie dich auch.«
Das Gäßchen, das sie aufnahm, war eng und steinig, gebildet von alten, geschwärzten Häusern, wo die Ställe neben den Wohnräumen lagen. Ein scharfer Geruch von Schafen stieg auf, von trocknenden Schafkäsen und von Quark, der in vollen Kesseln kochte. Der Konsumladen war am Ende der Gasse, wo die Häuser den felsigen Hang des Berges emporklommen. Das Haus war frisch gestrichen. In der Tür stand eine ältliche, kräftig gebaute Frau, schwarz gekleidet, abgesehen von der weißen, mit Fettflecken beschmutzten Schürze.
»Das ist Gelsomina«, sagte der Begleiter zu Andrea. »Ich lasse dich in guten Händen. Jetzt muß ich einen Lastkraftwagen instand setzen. Wir sehen uns nachher wieder.«
»Genosse Cipriani«, sagte Gelsomina, ihm die Hand hinstreckend, »wir kennen uns schon.«
»O ja, gewiß«, antwortete Andrea lächelnd, »ich erinnere mich genau. Standest du nicht bei dem Empfang im Rathaus von Perticara neben mir?«
»Du hast ein gutes Gedächtnis. Ich freue mich, daß ich dich endlich sprechen kann.«
»An diesem Sonntag hätte ich es mir nicht träumen lassen, daß die Genossin an meiner Seite ...«
»... die Schwester von Lauretta war? Auch ich hätte damals nicht gedacht, daß du mit Luca befreundet sein könntest. Und offen gesagt, je mehr ich daran denke, um so weniger verstehe ich es. Ich denke viel daran, weißt du. Soll ich dir die Wahrheit sagen, Genosse Cipriani? Ich schäme mich, weil es gegen die Grundsätze der Partei verstößt, aber ich denke an nichts anderes.«
»Wir werden in Ruhe darüber sprechen. Ich bin eigens deshalb gekommen.«
»Ist auch Luca in der Partei? Nein? Um so besser. Aber komm herein, bitte, wir wollen doch nicht vor der Türe stehen bleiben. Das Geschäft ist um diese Tageszeit still, und ich verfüge hinten im Laden über einen kleinen Raum für

mich persönlich. Ich werde etwas Kaffee kochen, oder willst du lieber ein Glas Wein?«
»Was hast du für Wein?«
»Apulischen, schwarzen.«
»Lieber einen Kaffee.«
Das Innere des ländlichen Ladens war recht ärmlich. Der Fußboden bestand aus gestampfter Erde, die Wände waren ungetüncht, nur aus Stein und nacktem Fels, und als Decke diente ein Flechtwerk aus Rohr. Die Ware beschränkte sich auf Teig, Olivenöl, Stockfisch, Seilerzeug, Schwefel und Seife. Über dem Regal für die Makkaroni hingen zwei farbige Öldrucke: der eine stellte den großen Kopf von Karl Marx dar mit seiner blonden Löwenmähne, der andere Unseren Heiland, bekleidet mit einem langen, roten Hemd, wie er die Bergpredigt verkündete. *Selig sind, die nach der Gerechtigkeit dürsten* stand darunter. Das hintere Ladenzimmer war nichts als eine in den Fels gehauene, feuchte Höhle, wo es unangenehm nach Stockfisch roch, dafür aber der kühle Schatten erfrischte. Das spärliche Licht des Gäßchens wurde hier noch weiter abgedämpft durch ein dichtes Netz, das als Fliegenschutz im Eingang hing. Aber schnell gewöhnten sich die Augen an das Halbdunkel. Ein kleiner Herd in einer in den Felsen geschlagenen Nische gab der Höhle etwas von einer Küche. Während Gelsomina den Kaffee bereitete, wurde Andrea auf ein an der Wand hängendes Frauenbild aufmerksam. Es war die vergrößerte Fotografie eines nach längst vergangener Mode gekleideten jungen Mädchens mit kleinem blassem Gesichtchen, großen erschrockenen Augen und einem mächtigen Haarkranz auf dem Kopf. Das Bild hatte, vielleicht nur durch die mangelnde Erfahrung des Fotografen, etwas Visionäres, Gespenstisches an sich. Eine schwarze Tüllschleife in einer Ecke des Rahmens ließ Andrea keinen Zweifel.
»Lauretta?« fragte er.
Gelsomina nickte. Ihre Augen füllten sich mit Tränen.
»Wie eine Lilie«, sagte sie. »Wie soll ich dir's erklären? Lauretta ist nie weiter gegangen, als dieser Berg reicht, auf dem sie geboren war. Worte wie *Eisenbahn, Dampfer, Hafen, Station, Kino* waren für sie Namen der Sünde.«
»Woran ist sie gestorben?«

»An einer Krankheit, die in den Büchern der Ärzte nicht vorkommt.«
Gelsomina fügte hinzu:
»Drei Monate nach dem Prozeß.«
In einem Winkel der Höhle stand ein Tellerchen mit ein paar Käsekrusten auf der Erde.
»Mein tägliches Scherflein für eine Maus«, erläuterte die Frau. »So geht sie mir doch nicht an die Waren.«
»Du sprichst von ihr, als kenntest du sie.«
»Das tu' ich auch. Aber wenn Besuch da ist, läßt sie sich nicht blicken.«
»Schade«, sagte Andrea. »Ich hätte auch sie gern um ihre Ansicht gefragt.«
»Über wen? Über mich?«
»Nein, über diese Gegend hier.«
»Die Maus kennt nur mich«, versicherte Gelsomina.
Sie trug den Kaffee in zwei winzigen Tassen auf, wie Fingerhüte so klein, und setzte sich dem Gast gegenüber. Im Verhältnis zu ihrem starken Busen und zu dem mächtigen Kranz grauer, von Öl glänzender Haare wirkte ihr Gesicht klein und geschrumpft wie eine Kartoffel. Ihre Züge waren vom Leid der Einsamkeit gezeichnet, aber in der Tiefe ihrer Augen war jene traurige Sanftmut, wie sie dem Blick der Schafe eigen ist.
»Du trägst die gleiche Frisur«, bemerkte Andrea, auf das Bild der Schwester anspielend.
»Vielleicht kleidet sie mich nicht gut«, räumte sie ein, »aber ich trage sie zum Andenken an sie.«
»Sie steht dir großartig«, sagte Andrea. »Würdest du es über dich gewinnen, Luca wiederzusehen?« fügte er plötzlich hinzu. »Beachte wohl, es ist keine Aufforderung, die von ihm ausgeht. Er weiß nicht einmal, daß ich heute hier bei dir bin, es wäre ihm gewiß peinlich.«
Gelsomina zuckte schmerzlich zusammen.
»Wiedergesehen hab ich ihn schon, was das anlangt«, antwortete sie, nachdem sie sich gefaßt hatte. »War er nicht mit dir, am Sonntagmorgen, in der Nähe des Hauses von Don Serafino?«
»Warum hast du dich nicht bemerkbar gemacht? Was auch immer Luca deiner Familie angetan haben mag, daß er schwer dafür gebüßt hat, kannst du nicht leugnen.«

»Wenn du es also wissen willst, Genosse Cipriani, ich war eigens nach Cisterna gekommen, um dich zu sprechen. Kaum aber, daß ich ihn mit dir gesehen hatte, überlief es mich so vor Angst, daß ich wieder nach Hause ging, ohne mich auch nur einmal umzuwenden.«

»Das tut mir leid. Was wolltest du von mir?«

»Dich sprechen, wie ich schon sagte. Dich um Rat, um Hilfe bitten.«

»Ich danke dir. Es wäre mir eine Ehre gewesen.«

»An die vierzig Jahre lebe ich mit diesem Stachel im Herzen, Genosse Cipriani. Man gewöhnt sich wohl an alles und fügt sich. Aber jetzt ist er freigekommen, manche halten ihn für unschuldig, er ist sogar dein Freund. Fängt denn alles von vorn an? Siehst du, der alte Stachel schmerzt mich wieder, er tut mir weh, Genosse Cipriani, und es gibt keine Linderung.«

»Luca ist ein guter Mensch, ich versichere es dir, Gelsomina, er verdient es nicht, gehaßt oder gefürchtet zu werden.«

»Ich hasse ihn nicht, Genosse Cipriani, aber mir graut vor ihm. Ich hatte eine Schwester, die wie eine Lilie war. Mit Stolz hätte er sie zu Fronleichnam in der Prozession auf Händen tragen können. Statt dessen ...«

»Auch er war ein Opfer, vergiß das nicht. Er hat lebenslänglichen Kerker auf sich genommen, obwohl er unschuldig war.«

Bei diesen Worten wurde Gelsominas Blick kalt und hart.

»Du glaubst ernstlich an seine Unschuld?« fragte sie.

»Auch Lauretta glaubte daran. Sie ist zur Verhandlung gekommen und hat es vor den Richtern herausgeschrien. Das steht in den Akten.«

»Meine Schwester liebte ihn, sie hat nie aufgehört, ihn blindlings zu lieben. Aber die Wahrheit, soweit sie Lauretta anging ...«

»Was für eine Wahrheit?«

»Ich weiß nicht mehr recht, wie ich Lucas Schuld ihr gegenüber bezeichnen soll.«

Ein Geräusch von Holzschuhen verstummte auf der Schwelle des Ladens. Eine alte Frau rief nach Gelsomina mit der feinen Stimme eines Mäuschens.

»Einen Augenblick«, sagte Gelsomina laut. »Ich komme

gleich.« Bevor sie sich zeigte, trocknete sie sich die Augen mit der Schürze ab.

»Ich könnte dir leicht die Beweise dafür beibringen«, sagte Andrea, kaum daß sie den Raum wieder betreten hatte, »daß Luca in der Nacht des Verbrechens sich weit vom Ort der Tat aufgehalten hat.«

»Hat er es dir erzählt? Und du hast ihm geglaubt?«

»Ich habe mit zwei Leuten gesprochen, die ihn in jener Nacht sahen, und zwar lange Zeit, in der Nähe ihres Hauses. Er war allein.«

»Weshalb haben sie im Prozeß nicht ausgesagt? Weshalb hat Luca sich mit dem Urteil abgefunden, wenn er unschuldig war?«

»Ich weiß es nicht. Und vieles andere auch nicht. Aber ich schwöre dir, Gelsomina, daß ich keine Ruhe geben werde, ehe ich nicht aufgedeckt habe, was die verheimlichen, die nicht sprechen wollen.«

»Kannst du nicht Luca selber fragen? Ihr seid doch Freunde?«

»Auch er schweigt lieber.«

Das Gesicht der Frau nahm immer deutlicher einen Ausdruck der Furcht an. Andrea sah es betroffen.

»Gelsomina«, sagte er herzlich, »ich werde dir erzählen, woher es kommt, daß ich mich in diese Dinge so verrannt habe. Dann wirst du mir mehr vertrauen. Schließen wir doch einen Pakt, willst du? Suchen wir gemeinsam zu verstehen.«

»Du denkst immer nur an die Wahrheit über das Verbrechen«, wandte Gelsomina ein. »Das Unglück meiner Schwester war aber schon vor dem Raubüberfall da.«

»In welchem Sinne?«

»Wie soll ich dir das klarmachen«, sagte Gelsomina. »Die Partei ist dagegen. Die Genossen betrachten es als Aberglauben.«

»Sogar in der Partei habt ihr das erörtert?«

»Ja, die Genossen halten manche meiner Anschauungen für veraltet. Sie schätzen mich. Sie wissen, daß ich für sie tue, was ich kann. Die Partei ist meine neue Familie. Aber man kann nicht, werfen sie mir vor, für die Emanzipierung der Arbeiter kämpfen, wenn man noch an Hexen glaubt.«

»Du glaubst, daß Lauretta behext worden ist? Von wem?«
»Ich war dessen sicher. Aber jetzt... Jetzt beginnt die Qual aufs neue. Ich verstehe nichts mehr. Der alte Stachel setzt meinem Herzen wieder zu. Wenn es Abend wird, packt mich eine Furcht, die ich nicht schildern kann. Des Nachts leide ich an furchtbarem Alpdrücken. Sobald ich an die arme Lauretta denke... Entschuldige...«
Sie hatte kaum Zeit, den Gast vorzubereiten. Ein lang unterdrücktes Schluchzen benahm ihr den Atem. Heftig, als wäre sie dem Ersticken nahe, rang sie nach Luft. Sie keuchte und jammerte, röchelte schließlich, während ihr die Tränen flossen, und flehte zugleich mit gefalteten Händen und ihren Blicken den Gast um Nachsicht an für diesen Auftritt, von dem sie glaubte, er sei mit der Würde einer Genossin nicht zu vereinen. Andrea wußte nicht, was tun, ob er bleiben oder gehen sollte, oder wie er ihr helfen könnte. Mittlerweile hatte ein schwarzgekleidetes, barfüßiges kleines Mädchen den Laden mit einem Fläschchen in der Hand betreten, um etwas Öl zu kaufen.
»Gelsomina«, rief es mehrmals.
»Komm später wieder.« Gelsomina war endlich imstande zu antworten, ohne sich indessen zu zeigen. »Setz dich, bitte«, wandte sie sich an Andrea. »Geh nicht fort, verlaß mich jetzt nicht. Bis wohin waren wir doch gekommen?«
»Zu meiner Zeit«, sagte Andrea, »waren Verlobungen zwischen den Mädchen von hier und den jungen Leuten von Cisterna selten. Es war, wenn ich mich recht erinnere, sogar so, daß ein hiesiges Mädchen eine solche Verlobung geradezu als Schande empfunden hätte.«
»Dies begann erst nach dem Prozeß und nach dem Tode Laurettas«, erklärte Gelsomina. »Es kam sogar ein eigenes erdachtes Sprichwort auf: *Besser der Brunnen als die Cisterne*. Vorher war es eher umgekehrt gewesen. Ehen zwischen der Jugend beider Dörfer waren häufig. In Cisterna herrschten damals die Männer vor, in Perticara die Frauen, die als besonders feurig galten. An Gelegenheiten, sich zu treffen, fehlte es nicht. Abgesehen von den Besuchen in den Sommermonaten zu den kirchlichen Festen war es auch üblich, daß die armen Familien von Perticara tagsüber nach Cisterna arbeiten gingen, um zu verdienen. So knüpften sich freundschaftliche Bande.«

Gelsomina erhob sich, um das Kaffeegeschirr abzuräumen, das sie in ein am Boden stehendes Becken legte.
»Erzähl mir noch ein bißchen von diesen Zeiten«, bat Andrea, »wenn es dir nicht zu schmerzlich ist.«
»Als Lauretta und ich Kinder waren, lebte in Cisterna ein Herr, der unter anderem auch einen Obsthandel betrieb. Ich weiß nicht, ob auch du ihn später gekannt hast, es war ein gewisser Don Silvio.«
»Silvio Ascia? Ja, ich entsinne mich dunkel.«
»Er kaufte das Obst der ganzen Gegend auf, vor allem Nüsse und Mandeln, und verkaufte es ins Ausland, natürlich nicht ohne erheblichen Gewinn. Während der Saison beschäftigte er in manchen Jahren zum Schälen der Früchte und zum Vorbereiten der Kisten für den Versand bis zu zwanzig Mädchen, meist zwischen zwölf und sechzehn alt, darunter auch hiesige. Ich war dreizehn, Lauretta fünfzehn, als wir zum erstenmal eingestellt wurden. Dieser Herr war nicht schlecht, er konnte sogar großmütig sein, da er aber reich war, hatte er auch seine Launen. So verlangte er eines Abends unter dem Vorwand, die Mädchen könnten ihm heimlich unter den Kleidern versteckt Mandeln wegtragen, daß eine nach der andern vor dem Heimgehen bei ihm vorbeikam und ihm ihre Brüste zeigte. Die Mädchen waren, wie ich schon sagte, meist noch Kinder und faßten dies Ansinnen als Scherz auf. Lauretta jedoch nahm mich bei der Hand und weigerte sich auch für mich. Als Don Silvio auf seinem Wunsche bestand, sagte sie: ›Dann laßt Eure Frau, Donna Ortensia, kommen und uns von ihr durchsuchen.‹
Eben in diesem Augenblick erschien in der Tür Luca, den wir noch nicht kannten. Er war gekommen, um die fertigen Kisten aufzuladen und zum Bahnhof zu bringen. In seiner Gegenwart wagte Don Silvio nicht, seinen Willen durchzusetzen. Er half sich aus der Verlegenheit, indem er Lauretta antwortete: ›Bravo, da du so gescheit bist, lass' ich es dir durchgehen.‹ Als aber Don Silvio das nächstemal der gleichen Laune nachgab, hatte Laurettas Verhalten bei den anderen Mädchen Schule gemacht: ›Glaubt Ihr, daß wir stehlen?‹ fragten sie ihren Brotherrn, ›gut, wir sind bereit, uns durchsuchen zu lassen, aber von Eurer Frau.‹ Kurz darauf lud Don Silvio, vielleicht um zu zeigen, daß er nichts nachtrug,

Lauretta als einzige von seinen jungen Arbeiterinnen zu einem Familienfest ein und erlaubte ihr, mich mitzubringen. Es war im April, an einem Sonntagnachmittag, bei herrlichem Wetter. Lauretta trug ein neues himmelblaues, mit Rosa garniertes Kleidchen, das sie gut kleidete. Die Mutter hatte ihr auch eine rote Rose in das Haar gesteckt. Sie sah wirklich allerliebst aus. Auf dem Fest trafen wir viele fröhliche Leute. Erst wurde Fruchtlikör mit Biskuits herumgereicht und dann Eis. Während des Festes stellte Don Silvio uns seine Frau, Donna Ortensia, vor. Schon bei diesem ersten Zusammentreffen fanden wir den Ruf der Wunderlichkeit, den diese Dame genoß, bestätigt. Ich weiß nicht, ob du sie gekannt hast.«

»Nein. Ich glaube, sie starb in einem Krankenhaus, als ich kaum zwei oder drei Jahre alt war.«

»Sie ist viel später gestorben, und zwar in der Klinik einer Irrenanstalt. Daß Donna Ortensia verrückt war, ließ sich schon damals deutlich erkennen. Hör nur. Sie wollte, daß Lauretta mit Luca tanzen sollte, und obwohl meine Schwester aus Mangel an Übung oder aus Schüchternheit ablehnte, bestand sie darauf, so daß Lauretta sich gleichsam gezwungen sah. Nach dem Tanz nahm Ortensia sie beiseite; rot im Gesicht und in barschem Ton warf sie ihr vor, daß sie beim Tanz ihrem Kavalier zu nahe gekommen sei. Du kannst dir vorstellen, wie tödlich sich meine arme Schwester schämte. Sie war so verstört, daß sie in ihrem ganzen Leben nie wieder getanzt hat. Als wir uns am Schluß des Festes von den Herrschaften verabschieden wollten, sagte Don Silvio: ›Ihr werdet doch nicht den ganzen Weg nach Perticara zu Fuß zurücklegen?‹ Lauretta antwortete: ›Wegen der Mandeln haben wir ihn zweimal täglich gemacht.‹ – ›Heute seid ihr meine Gäste‹, erwiderte Don Silvio, ›und ich lasse euch von Luca im Jagdwagen heimbringen.‹ Und so geschah es. In einer Viertelstunde brachte uns der Zweispänner nach Hause. Während der Fahrt war Luca freundlich und spaßig, ohne sich etwas herauszunehmen. Lauretta hat, glaube ich, nicht den Mund aufgetan, sie überließ es mir, seine wenigen Fragen zu beantworten. Bei der Ankunft fanden wir Vater und Mutter auf der Schwelle des Hauses vor, wie sie frische Luft schöpften. Jetzt entsinne ich mich nicht mehr genau, ob sie

Luca schon dieses erste Mal einluden, bei uns ein Glas Wein zu trinken, oder bei einem späteren Anlaß. Wie dem auch sei, Don Silvio war weiterhin so liebenswürdig, Lauretta nach Haus begleiten zu lassen, auch an den Werktagen. Und da meine Schwester niemals allein in den Wagen gestiegen wäre, fuhr, wenn ich nicht dabei war, irgendeine andere Frau mit, die nach Perticara zurück mußte. Luca kutschierte stets. Auf diese Weise entwickelte sich zwischen beiden allmählich eine vertrauliche Zuneigung, obwohl sie eigentlich nie Gelegenheit hatten, auch nur eine Minute für sich zu sein. Zu jener Zeit war die Liebe auf den Austausch von Blicken angewiesen. Die Sitte verbot es, daß ein Mädchen auf der Straße mit einem Manne sprach, wie das heute üblich ist. Der junge Mann mußte sich in das Haus begeben, wo die Mutter darüber wachte, daß ihre Tochter mit ihm auch nicht einen Augenblick allein blieb. Ich muß gestehen, daß Luca unter dieser strengen Regel nicht litt. Er war ein ernster, zurückhaltender, verschlossener Junge. Das einzige, was man vielleicht an ihm aussetzen konnte, war, daß er in unserer Gesellschaft eher wortkarg und nachdenklich blieb, während er, nach den Erzählungen anderer zu urteilen, in der Schenke unter seinen Freunden recht ausgelassen sein konnte. ›Du denkst doch nicht etwa jetzt schon an künftige Übel?‹ tadelte ihn zuweilen mein Vater im Scherz. Aber auch dies zurückhaltende Benehmen steigerte nur die Sympathie, die wir alle für ihn empfanden. Lauretta liebte ihn natürlich sehr.«

»Kam es gleich zur Verlobung?«

»Ja und nein. Er benahm sich als Bräutigam, zögerte aber, das Wort auszusprechen. Lauretta konnte ihm natürlich nicht zuvorkommen. Der erste, der von Verlobung sprach, war Don Silvio.«

»Mit welchem Recht? Luca war doch keine Waise. Und selbst wenn er es gewesen wäre, nicht taubstumm.«

»So lautete etwa die Antwort, die mein Vater Don Silvio gab, als dieser ihn an einem Markttage beiseite nahm und ihm sagte: ›Es wäre jetzt an der Zeit, die Ehe zu schließen.‹ Es scheint, als sei Luca selber nicht wenig bestürzt gewesen, als mein Vater ihm dies erzählte. Immerhin führten die Auseinandersetzungen, die nun folgten, zu einer förmlichen Verlobung. So lernten wir auch Teresa kennen, die Mutter von

Luca ... Ich möchte lieber nicht mit dir über sie sprechen. Sie ruhe in Frieden.«

»Weshalb? Ich wäre dir dankbar, wenn du mir alles sagtest, was du denkst.«

»Das mindeste, was ich zu sagen hätte, ist, daß Teresa uns gegenüber nicht offen war. Ein wenig später als sie erschien an dem gleichen Abend eine Frau aus Cisterna bei uns, die Lauretta ein Verlobungsgeschenk von, so sagte sie, Donna Ortensia überbrachte. Als ich das Futteral öffnete, kam ein Paar prachtvoller goldener Ohrringe zum Vorschein. Lauretta war nicht weniger verblüfft als wir. Nichts konnte von seiten einer Dame, die ab und zu recht unfreundlich war, ein Geschenk von so unverhältnismäßigem Wert rechtfertigen. ›Gewiß freut sich jeder über Geschenke, und besonders die Armen‹, sagte meine Schwester, ›aber sie müssen von Herzen kommen.‹ Sie wolle deshalb das Geschenk nicht annehmen, fügte sie hinzu. Indessen verstand es die Frau aus Cisterna, so triftige Gründe vorzubringen, daß es unmöglich schien, auf der Ablehnung zu bestehen. Wenn die Dame, so sagte sie, sich zuweilen etwas gereizt benommen habe, so wolle sie eben durch dieses Geschenk ihre Zuneigung bekunden. Außerdem bedeute ein Geschenk, das einem armen Mädchen unangemessen erscheine, nichts für eine reiche Frau. Arme Leute, das sei ja bekannt, hätten reiche Gönner bitter nötig, und was der zuckersüßen Worte mehr waren, so daß Lauretta sich am Ende für ihren Ausspruch von vorhin entschuldigen mußte.«

»Wer war diese Frau?«

»Die Frau des Müllers von Cisterna.«

»Agnese?«

»Ja, ebendie. Lebt sie noch? Wir kannten sie schon vorher. Zu jener Zeit hatten wir in Perticara noch keine elektrische Mühle, so daß wir zum Mahlen nach Cisterna mußten. Wir hatten auch gehört, daß Agnese mit Donna Ortensia verwandt war. Sicherlich stand entweder sie selber oder ihr Mann mit diesem Haus in Beziehung. Allerhand Leute schmarotzten dort herum, sei es aus diesem, sei es aus jenem Grunde. Als einige Jahre später Donna Ortensia in das Irrenhaus kam und Don Silvio nach Amerika ging, begann tatsächlich für Cisterna die Zeit der mageren Kühe. Aber hiervon wollte ich nicht sprechen, entschuldige. Wo waren wir doch stehengeblieben? Ach ja, bei Teresa. Gut, also an jenem ersten Abend schien auch sie uns wegen dieses Geschenks merkwürdig verlegen zu sein. Auch sie half, meine Schwester von der Unmöglichkeit einer Ablehnung zu überzeugen, wenn auch mit Gründen, die uns zwar zunächst nicht auffielen, später aber zu denken gaben. ›Don Silvios Gemahlin‹, sagte sie, ›ist eine flatterhafte Frau, eine herzensgute Dame, die aber, ohne es zu wollen, Schaden anrichten kann. Es ist ein wahres Glück für euch, daß Donna Ortensia mit eurer Verlobung einverstanden ist.‹ – ›Das Glück besteht darin, daß Luca und ich einverstanden sind, mit der Erlaubnis unserer Eltern.‹ So antwortete Lauretta, und hatte sie nicht recht?«

»Und Luca? Wie verhielt er sich? Was sagte er?«

»Er machte den Eindruck, als liebe er Lauretta ehrlich. Wäre dem nicht so gewesen, so hätte er jederzeit sein Wort zurücknehmen können. Es wäre ihm ohne weiteres zurückgegeben worden. Wie ich es beschreiben soll, weiß ich nicht, aber auch er wirkte sonderbar.«

»Wie erklärte er sich das Geschenk der Signora Ortensia?«

»Die *Geschenke.*«

»Waren es mehrere? Immer von der gleichen Frau überbracht?«

»Ja, und zwar stets solche von beträchtlichem Wert: eine Halskette, zwei Ringe, ein weiteres Paar Ohrringe. Luca hatte immer zunächst das Gefühl, daß man sie zurückweisen müsse. Dann beugte auch er sich den wirren Redensarten der Überbringerin. In einem Punkte jedoch blieb er fest: ›Behalt sie meinetwegen‹, sagte er zu Lauretta. ›Im Notfall können wie sie verkaufen. Doch beschwöre ich dich, sie niemals zu tragen.‹ Wie oft mußte ich in den folgenden Jahren an diese Worte denken. Weshalb hat Luca uns nicht von der Gefahr unterrichtet?«

»Von welcher Gefahr?«

»Leider dachte Luca nur an sich. Er war vielleicht nicht schlecht, wohl aber habgierig und mundfaul. Lauretta verschloß die Juwelen in ihrer Kommode. Keine von uns hätte je gewagt, sich damit zu schmücken. Zuweilen aber betrachteten Lauretta und ich sie heimlich. Wir waren so arm. Wir wollten uns wenigstens mit den Augen daran erfreuen. Ein seltsamer Glanz ging von ihnen aus. Selbst in der Dunkelheit schimmerten sie, als wären sie lebendig. Wir hatten schon Gegenstände aus Gold gesehen, doch niemals so leuchtende. Hinterher waren wir jedesmal erregt und beunruhigt. In den letzten Monaten hatten die Besuche Agneses glücklicherweise aufgehört. Mit Teresa kamen wir manchmal zusammen, doch waren das heitere Begegnungen. Es sah so aus, als habe auch Donna Ortensia uns vergessen. So schien unser Friede gesichert.«

»Von der Heirat sprach man aber nicht?«

»Mein Vater sprach zwei- oder dreimal darüber mit Luca. Die beiden waren schon mehrere Jahre verlobt. Das war für jene Zeit nicht ungewöhnlich lange, doch lag kein Grund vor, die Hochzeit aufzuschieben. Jedesmal zeigte Luca sich einverstanden, doch sobald der Augenblick kam, wo das Datum festgesetzt werden sollte, wurde er unschlüssig. Er hätte es gern, sagte er, bevor er heiratete, zu einem Paar Ochsen gebracht und zu einem Wagen. Auch ein neues Haus wollte er, wie er sagte, um seine Frau dort hinzuführen. Das verfügbare Haus sei klein und alt, sagte er ein anderes Mal.«

»Waren das Ausflüchte?«

»Ich glaube nicht. Mein Vater erklärte sich die Sache so: Da er in Don Silvios Umgebung lebte, war er verwöhnt und konnte sich in ein einfacheres Dasein nicht mehr fügen. Es kam die Jahreszeit, in der die landwirtschaftliche Arbeit ruht und die Familienangelegenheiten geregelt werden. Mein Vater glaubte in diesem Jahr, das Schicksal zwingen zu können, wodurch er im Gegenteil das Unglück heraufbeschwor. Auf sein Drängen hin wurde nach gemeinsamem Beschluß in unserem Hause eine Zusammenkunft vereinbart, die für die Festsetzung des Hochzeitstages entscheidend sein sollte. Die Fragen der Mitgift waren bereits geregelt. Die Alten hatten sie unter sich beredet. Teresa hatte versprochen, daß ihr Sohn das Haus, den Weinberg und eine gewisse Geldsumme mitbringen sollte. Die Summe entsprach merkwürdigerweise dem geraubten Betrag.«

»Willst du damit sagen, daß Teresa, um ihren Sohn zu verheiraten, schon vorher mit dem Raubüberfall gerechnet hatte? Das wäre ein wahnwitziger Verdacht.«

»Genosse Cipriani, ich denke mir nichts aus. Die Summe war die gleiche. Es mangelte in dieser Angelegenheit nicht an teuflischen Zufällen.«

Gelsomina schwieg und barg das Gesicht in den Händen, als sei sie von einer jähen Mattigkeit überwältigt. »Mein Gott«, sagte sie, »mein Gott, nun erzähle ich die Geschichte dieses Abends schon wieder. Wie oft habe ich sie nicht in diesen vierzig Jahren erzählt? Wie oft in alle Ewigkeit soll ich sie noch erzählen?«

»Wenn du müde bist«, sagte Andrea, »wenn du willst, daß ich später noch einmal vorbeikomme...«

Gelsomina schüttelte den Kopf.

»Laß mich nicht allein«, sagte sie, »jetzt nicht, bitte. Auch wenn du fortgingest, würde ich sie mir selber hersagen. An diesem Abend kam Luca etwas verspätet zu uns, nach den anderen Gästen aus der Verwandtschaft. Teresa hatte sich entschuldigen lassen, ihr war nicht wohl. Es hatte tagsüber geschneit. Die Abendluft war kalt, die Wege waren vereist. Luca kam zu Fuß. Er schien erregt zu sein. Das fiel uns bei seinem sonderbaren Charakter nicht weiter auf. Als ich ihm aber die Hand drückte, mußte ich an mich halten, um nicht aufzuschreien. Seine Hand brannte wie ein glühendes Plätteisen. ›Bist du krank?‹ fragte ich. Er verneinte lächelnd. Wir freuten uns, daß er zu trinken verlangte, kaum daß er saß, was nicht seine Gewohnheit war. Verstört goß er mehrere Glas Wein hinunter, eins nach dem andern. Als Lauretta mit meiner Mutter eintrat, erhob er sich und verneigte sich tief, wie es in der Kirche üblich ist. Wir glaubten, er mache Spaß, und wollten gerade loslachen; aber Luca meinte es ganz ernst und war bewegt. Mein Vater ließ zwei Musikanten kommen, um Stimmung zu machen. Der eine spielte Ziehharmonika, der andere Klarinette. Zuerst weigerte Luca sich zu singen, obwohl bekannt war, daß er schöne alte Lieder kannte. Schließlich sang er eins, das zwar schön war, aber recht traurig und den Umständen wenig angemessen, ein Lied von einem totgeglaubten Soldaten, der bei der Heimkehr seine Braut mit einem anderen verheiratet vorfindet. Hinterher setzte er sich an den kleinen Kamin und verfiel in tiefes Schweigen. Den Kopf über das Feuer geneigt, schürte er die Glut mit den Zangen. Waren wir selber auch an seine

Stimmungsumschläge gewöhnt, den Gästen erschien es wenig rücksichtsvoll, daß der Bräutigam sich von der Unterhaltung ausschloß. Daher setzte Lauretta sich neben ihn, um ihn zum Reden zu bringen und in den Kreis der anderen einzubeziehen. Luca entsprach nicht sogleich dieser freundlichen Aufforderung seiner Braut, schaute sie vielmehr lange an, als habe er nicht verstanden, was sie von ihm wollte. Plötzlich ergriff er ihre Hand, führte sie an die Lippen und starrte ihr in die Augen. Mehrmals war er drauf und dran zu sprechen, etwas mitzuteilen, brachte es aber nicht fertig. ›Mir graut vor mir selbst‹, sagte er. Schließlich fing er an zu weinen. Er schluchzte wie ein kleiner Junge. Sein Gesicht bekam einen verzweifelten Ausdruck. Lauretta entsetzte sich. ›Ich will nicht‹, sagte er, ›daß du mit mir unglücklich wirst. Du hast noch Zeit, dich zurückzuziehen.‹ Zur allgemeinen Überraschung kniete Luca vor ihr nieder und bat sie um Verzeihung für das Leid, das er ihr zufügte; auch die Eltern, auch mich, auch die Gäste, sogar die Musikanten bat er um Verzeihung, wobei er unzusammenhängende Worte stammelte. ›Ich kann dich nicht heiraten‹, sagte er zu Lauretta. ›Es wäre ein Frevel.‹ – ›Ein Frevel in welchem Sinne?‹ fragte ihn jemand. ›Wegen der Seele‹, antwortete er. ›Ich bin nicht würdig.‹ Auch äußerlich war er nicht wiederzuerkennen. Eine fürchterliche Nacht folgte. Lauretta weinte unablässig. ›Was wird ihm zustoßen?‹ fragte sie schluchzend. ›Wie wird es ihm ergehen?‹«

»Bei den Prozeßakten«, sagte Andrea, »sind in den Protokollen, die diesen Abend betreffen, die folgenden wörtlichen Aussprüche von Luca verzeichnet: ›Ich bitte dich um Verzeihung, Lauretta, ich bin deiner nicht würdig, ich bin ein Verbrecher.‹ Entsinnst du dich, daß er diese Worte wirklich gebraucht hat?«

»Etwas Ähnliches sicherlich. Der nächste Tag«, fuhr Gelsomina fort, »war ein Freitag, und wir kamen uns vor wie Leute, in deren Haus über Nacht der Blitz eingeschlagen hat. Die Mutter sagte zu Lauretta: ›Mein Kind, es war vielleicht ein Glück für dich, eine Erlösung. Bedenke doch, wie dein Leben als Ehefrau geworden wäre mit einem derartigen Mann.‹ Lauretta allein sorgte sich um sein Schicksal. ›Hoffen wir, daß er kein schlechtes Ende nimmt‹, sagte sie immer wieder. ›Möge Gott ihn schützen.‹ Am Nachmittag brachte einer der

Musikanten vom Abend zuvor uns die Nachricht von seiner Verhaftung. Das war für uns ein unsäglicher Schreck, aber auch eine Bestätigung, das Ende einer Ungewißheit. Hab ich dir schon gesagt, daß es ein Freitag gewesen ist?«
»Ja, glaubst du, daß dies irgendwelche Bedeutung hat?«
»Nichts geschieht zufällig, wenn nicht die Partei...«
»Lauretta hat nie an Lucas Unschuld gezweifelt.«
»Lauretta liebte ihn. Einige Zeit danach erhielt sie vom Richter die Genehmigung, ihn zu besuchen. Der Untersuchungsrichter hoffte wohl, daß Luca ihr die Wahrheit sagen und angeben würde, wo er das Diebesgut versteckt hatte. Ich begleitete meine Schwester bis an das Tor des Kerkers. Als sie wieder herauskam, sagte sie: ›Luca ist unschuldig.‹ – ›Inwiefern?‹ fragte ich. ›Hat er es dir vielleicht erklärt?‹ – ›Ich hab' ihm in die Augen geschaut‹, antwortete sie. ›Ich schwöre dir, Gelsomina, er ist unschuldig.‹ So sehr liebte sie ihn.«
»Ich glaube, daß sie recht gehabt hat«, sagte Andrea.
»Mein Vater brachte die Geschenke zu Don Silvio zurück«, fuhr Gelsomina fort. »Es war eine kurze, von beiden Seiten stumme und steife Begegnung.«
»In den Akten bin ich nie auf den Namen der Donna Ortensia gestoßen.«
»Hierzulande läßt die Justiz bekanntlich die Reichen in Ruhe.«
»Auf Verrückte nimmt man weniger Rücksicht.«
»Meine arme Schwester«, fuhr Gelsomina fort, »besaß sogar die Seelenstärke, sich bei der Verhandlung einzufinden. Sie legte Zeugnis ab gegen den Vater, die Mutter, gegen mich und die anderen Verwandten. Wir brachten Beweise für Lucas Schuld bei, sie strafte uns Lügen, sie gab seinen Worten einen anderen Sinn. Aber kaum wieder daheim, legte sie sich zu Bett. Eines Abends...«
Ihr schien plötzlich ein Zweifel zu kommen.
»Sag nur alles, was du weißt«, mahnte Andrea.
»Die Partei ist dagegen«, sagte sie.
»Macht nichts. Diese Dinge gehen die Partei nichts an.«
»Sie gehen sie nichts an?«
»Du erzähltest von Laurettas Erkrankung«, sagte Andrea. »Erzähl weiter.«
»Anfänglich sprach der Arzt von einer einfachen Unpäßlich-

keit infolge der Aufregung«, fuhr Gelsomina fort. »Danach von einer Herzkrankheit. Aber Lauretta hat mir, bevor sie starb, weinend ihre Torheit eingestanden. Entgegen Lucas Verbot hat sie sich eines Nachts, als alles im Hause schlief, festlich gekleidet, wobei sie die Ohrringe, die Halskette, die verhexten Ringe anlegte, und sich im Spiegel betrachtet. Sie fand sich wunderschön. Während sie sich so vor dem Spiegel bewunderte, sich zuknickste und schmeichlerische Worte zuflüsterte, hatte sie urplötzlich hinter sich die Signora Ortensia, ganz in Rot, stehen sehen. Sie glaubte vor Schrekken zu sterben, besaß aber noch die Kraft, schnell ein Kreuz zu schlagen. Die Erscheinung verschwand, und sie glaubte, heil davongekommen zu sein. Der Zauber hatte sich jedoch ihrer bemächtigt.«

11

Als er sich der alten Mühle näherte, hatte Andrea gesehen, wie Agnese ihre Wäsche an einer zwischen zwei Pappeln gespannten Leine bei der Tenne zum Trocknen aufhängte. Doch kaum hatte sie seine Ankunft bemerkt, war die Alte in das Haus zurückgeeilt und hatte den Riegel vorgeschoben. Andrea war seit der Morgendämmerung unterwegs. Er hatte sich seit Tagen nicht rasiert, was ihm ein wildes, drohendes Aussehen verlieh.

»Mach auf«, rief er und trommelte mit den Fäusten gegen die Tür. »Ich muß dich sprechen.«

»Mein Mann ist nicht da«, antwortete Agnese von innen.

»Auf ihn kommt es mir heute nicht an. Ich habe mit dir zu sprechen.«

»Er hat mich beauftragt, niemandem zu öffnen«, entschuldigte sich die Frau.

»Ich bin nicht gekommen, um dich zu verführen«, sagte Andrea. »Komm heraus.«

»Komm an einem anderen Tag wieder«, bat Agnese. »Heute ist Freitag.«

»Ich werde die Tür ausheben«, drohte Andrea.

Die Tür öffnete sich nach kurzer Pause. Agnese wirkte verwahrloster und verstörter als gewöhnlich.

»Was ist denn?« greinte sie. »Geht es schon wieder los?«

»Ich war in Perticara«, sagte Andrea. »Dort sprach ich mit Gelsomina, der Schwester der armen Lauretta.«

»Na und? Kommst du, um mir das zu erzählen?«

»Sagt dir der Name Laurettas nichts mehr? Früher hast du sie doch besucht und ihr Geschenke gebracht.«

»Ich hab' mich stets nur um meine eigenen Angelegenheiten gekümmert«, antwortete die Alte mit bebender Stimme, »und möchte gern in Frieden gelassen werden.«

Andrea setzte sich auf einen großen Stein neben der Tür, wie um anzudeuten, daß er nicht so bald wieder gehen wollte. Sein blauschwarzer Bart betonte die Magerkeit seines Gesichtes. Es bestürzte Agnese, daß er sich gleichsam als Herr aufspielte.

»Hier ist gut sein«, sagte er. »Handeltest du etwa auch in

eigener Angelegenheit«, fügte er spöttisch hinzu, »als du Lauretta Geschenke von Donna Ortensia überbrachtest?«
»Ich bin mit Ortensia verwandt«, erwiderte Agnese beleidigt. »Ich wundere mich, daß du es nicht weißt. Sie war meine Nichte.«
»Eine saubere Auffassung von Verwandtschaft. Muß ich dich daran erinnern, wie man Leute nennt, die bei verbotenen Liebschaften den Zwischenträger machen?«
»Was fällt dir ein?« widersprach die Alte. »Luca und Lauretta waren verlobt.«
»Und was waren dann Luca und Ortensia?«
Mit müder Gebärde ließ sich Agnese auf der Schwelle nieder. Ganz klein saß sie da, schmächtig und abgezehrt, mit ihren grauen Haaren.
»Mein Gott, mein Gott«, stöhnte sie. »Wann wird diese Geschichte ein Ende nehmen?«
»Den Kopf hoch«, sagte Andrea. »Ich will dir beim Sprechen in die Augen sehen, will herausfinden, was du verheimlichst.«
»Du machst mir keine Angst«, sagte Agnese. Ihre tränenden Augen begegneten seinem Blick. »Glaub ja nicht, daß du mir Angst machst.«
Eine kurze Zeit verblieben sie so Auge in Auge. Agnese hatte den Ausdruck eines trotzenden Kindes.
»Nun, wo du hineingeschaut hast«, sagte sie, »erzähl mir doch, was du gesehen hast.«
»Ich habe gesehen, daß du sprechen solltest«, antwortete Andrea freundlicher. »Es würde dir gut tun, das habe ich gesehen. Sich das Herz erleichtern tut immer gut.«
»Was soll ich dir sagen, was du nicht schon wüßtest? Ortensia war meine Schwesterstochter, der Stolz der ganzen Verwandtschaft. Da Ludovico und ich kinderlos waren, hatten wir unsere Liebe ihr zugewandt. Für sie wäre ich ins Feuer gegangen.«
»Hast du ihre Heirat mit Don Silvio betrieben?«
»Er war die beste Partie in der Umgegend.«
»Die reichste Partie, willst du sagen?«
»Es geschah nicht zum erstenmal, daß ein reicher Mann ein Mädchen geringeren Standes, das ihm gefiel, zum Altar führte.«

»Böse Zungen behaupten, dein Mann habe Vorteil aus dieser Ehe gezogen.«

»Wir waren immer die Esel, die Wein schleppen und Wasser saufen. Aber böse Zungen sehen überall nur das Böse. Auch über dich fangen sie jetzt allerhand zu tuscheln an. Wenn Don Silvio gewisse Geschäfte gemeinsam mit meinem Mann machte, war es dann nicht in der Ordnung, daß sie sich in den Gewinn teilten?«

Eine plötzliche Atemnot ließ die Alte nach Luft ringen. Elend und verbraucht, wie sie war, glich sie einem armen Hund an der Leine. »Ich habe noch Wäsche aufzuhängen«, jammerte sie. »Einen ganzen Korb voll.«

»Später«, sagte Andrea. »Erst sprich dich aus und erleichtere dein Herz.«

»In Gottes Namen«, sagte sie, in ihr Schicksal ergeben. »In Gottes Namen denn. Trotz allem Reichtum Don Silvios und trotz Ortensias bescheidener Mitgift kann ich dir nur versichern, daß es eine Liebesheirat war. Da brauchst du gar nicht die Nase zu rümpfen. Hättest du meine Nichte gekannt, würdest du mir aufs Wort glauben. Sie mag unüberlegt, launisch, schnippisch gewesen sein, sie war aber auch schrecklich stolz. Nie hätte sie, glaub mir, des Geldes wegen geheiratet. Und noch weniger, um ihren Eltern zu willfahren.«

»Aber mußte sie dann nicht ihre Beziehungen zu Luca abbrechen?«

»Beziehungen? Vor fünfzig Jahren gab es dies Wort hier bei uns nicht. Und auch jetzt weiß ich nicht genau, was es heißen soll.«

»Ich meine, daß Luca und Ortensia doch miteinander sprachen.«

»Ja, aber verlobt waren sie nicht. Wenn sie sich trafen, lächelten sie sich zu und grüßten einander. Vielleicht hatten sie sich einmal durch das Gitter des Fensters die Hand gereicht. Mehr nicht. Luca zog sich von selber zurück, sobald Don Silvio als Freier auftrat. So sehr, daß er zur Hochzeit eingeladen wurde und an ihr teilnahm.«

»Haben Ortensia und Luca bei dieser Gelegenheit miteinander getanzt?«

»Niemand fand damals etwas dabei. Wir waren alle zugegen,

Verwandte und Freunde. Ortensia handelte selbstverständlich mit Erlaubnis ihres Mannes.«

»Es scheint aber doch, als sei Luca sehr mitgenommen gewesen?«

»Luca? Aber war denn dieser Mensch überhaupt zu begreifen? Vorher gleichgültig, begann er vor Liebe zu schmachten, sobald sie verheiratet war. Das wurde ein peinliches Schauspiel. Seine Züge verklärten sich, sobald er sie sah. Und doch mußte er wissen, daß es für ihn keine Hoffnung mehr gab, seit Don Silvio und Ortensia durch das Sakrament verbunden waren.«

»Leider hat Ortensia seine Hoffnungen belebt.«

»Hüte dich«, sagte die Alte in einem Ton, auf den Andrea nicht gefaßt gewesen war, »hüte deine Zunge, du beleidigst eine Tote.«

»Ich bitte um Verzeihung«, sagte Andrea. »Ich weiß, daß ich eine häßliche Rolle spiele.«

»Weißt du das? Das ist immerhin schon etwas«, versetzte höhnisch die Alte.

»Du kannst doch aber«, fuhr er fort, »schließlich nicht leugnen, daß deine Nichte Lucas weiteren Verkehr in ihrem Haus duldete. Einem lästigen Anbeter weist man die Tür, man meidet ihn, erwidert nicht einmal seinen Gruß.«

»So denkst du, weil du danach urteilen kannst, was später geschah. Niemand von uns sah jedoch damals das Unheil voraus. Ich spreche wie in der heiligen Beichte. Was ich dir jetzt sage, werde ich vor Gottes Richterstuhl wiederholen. Mag sein, daß allzu große Harmlosigkeit und selbst Leichtsinn unsrerseits mitgespielt haben, die Schuld jedoch, die wirkliche Schuld, die trug Luca.«

»Ich verstehe nicht. Welche Schuld?«

»Heilige Jungfrau, von der wir sprechen. Es muß doch zwischen Mensch und Hund einen Unterschied geben. Der Christ ordnet seine Beziehungen zur Frau durch die Ehe, ein für allemal, und die Angelegenheit ist erledigt. Zu leben bedeutet hier bei uns alle Tage Blut schwitzen, das ganze Jahr hindurch. Das Leben ist schon hart. Aber du weißt das vielleicht nicht.«

»Auch für Luca konnte die Ehe zum Ausweg werden. Weshalb hat also Ortensia ...«

»Aber Lucas Heirat war doch vor allem von meiner Nichte geplant. Sie ist es gewesen, die zum erstenmal mit mir und Teresa davon gesprochen hat. ›Wir müssen eine Braut für ihn finden‹, sagte sie; Don Silvio, der zugezogen wurde, machte auf das Mädchen in Perticara aufmerksam, das er sehr lobte. Vielleicht hat die arme Lauretta diese Lobsprüche verdient; ihre Eltern hingegen ...«
»Sie wollten die Geschenke nicht haben, die du brachtest.«
»Sie spielten die Zimperlichen, nahmen aber alles an, so war es in Wirklichkeit. Die Geschenke rührten von Don Silvio her, der sie bezahlte. Kaum hatten Laurettas Eltern gewittert, daß so reiche Leute hinter Luca standen, als ihre Gier keine Grenzen mehr kannte. Ich spreche besonders von der Mutter. ›Meine Lauretta‹, barmte sie, ›hat noch keine anständige Aussteuer, hat noch kein Kupfergeschirr für die Küche, hat nicht das Geld, um die beiden notwendigen Wäscheschränke auszustatten. Es geht doch nicht‹, sagte sie mir, ›daß der Mann nur ein Häuschen und ein Stück Land mitbringt. Er müßte auch eine runde Summe flüssigen Geldes mitbringen.‹ Sogar für ihren Ertrag an Nüssen und Mandeln forderte sie von Don Silvio einen höheren Preis als andere Bauern.«
»Da kommt Don Serafino«, sagte Andrea.
Ohne ihn abzuwarten, erhob er sich und ging schnell auf die Pappelreihe zu, welche die Tenne der Mühle von dem Bach trennte. Der alte Priester erschien verschwitzt und außer Atem mit seinem Sonnenschirm aus grauer Leinwand und einem weißen Taschentuch um den Hals. »Was gibt es?« fragte er Agnese. »Womit kann ich dienen? Du hast mich doch rufen lassen?«
»Zu welchem Zweck?« rief Agnese erstaunt. »Ich brauche noch keine letzte Ölung. Auch Ludovico ist, gottlob, wohlauf und zum Markt gegangen.«
»Vor kurzem«, sagte Don Serafino, »ist Toni bei mir gewesen, um zu bestellen, daß du mich dringend zu sehen wünschtest.«
In diesem Augenblick bemerkte er Andrea, der zwischen zwei Pappeln im Grase saß, und erkannte, daß er einer Finte zum Opfer gefallen war.
»Du Schuft«, schrie er Andrea mit drohend geschwungenem

Regenschirm zu. »Du Spitzbube, du Räuber, du Wegelagerer.«
»Nur weiter, immer weiter«, hetzte Agnese halblaut. »Wenn du willst, kannst du es ihm auch in meinem Namen sagen, schimpf du nur ruhig weiter bis heut abend.«
Andrea winkte dem Priester lachend zu, näher zu kommen. »Komm her«, sagte er. »Hier ist es frischer.«
In der Tat vereinte der Bach seine Kühle mit dem Schatten der Pappeln. Die Pappeln ragten in hoher, schlanker Pracht, es waren die schönsten weit und breit; sie warfen schmale, aber dichte Schatten. Die Wasser des Baches rieselten klar und hell über den farbigen Kiesgrund dahin. Am anderen Ufer hob sich die dunkelgrüne Wand eines sehr hohen Hanffeldes; ein wenig weiter standen im grünen Röhricht zwei lachende Mädchen und wuschen ihr Zeug.
»Entschuldige bitte«, sagte Andrea, als der Priester bei ihm angelangt war. »Bei dir zu Hause kommt uns immer Luca dazwischen. Du weißt wohl, daß ich gewisse Dinge in seiner Gegenwart nicht besprechen kann. Setz dich hier neben mich und komm wieder zu Atem. Du hättest nicht so zu rennen brauchen.«
»Hinge es von mir ab«, sagte Don Serafino erschöpft und ärgerlich, »würde ich euch beide auf eine unbewohnte Insel verfrachten. Ich habe jetzt von euch beiden genug, ganz im Ernst.«
»Was haben wir denn verbrochen?«
»Nichts, das ist ja eben der Jammer. Kein Lump hat jemals in dieser Gegend annähernd soviel Unglück angerichtet, wie dieser unschuldige Luca auf dem Gewissen hat. Hätten wir in jeder Generation hier ein paar Unschuldige wie er einer ist, oder wie du, so wäre in unseren Familien keine Ordnung und kein Friede mehr denkbar.«
»Setz dich«, wiederholte Andrea. »Es könnte sein, daß du Ordnung und Frieden nennst, was ein anderer ›getünchte Gräber‹ genannt hat.«
»Du willst doch nicht einem Priester die Heilige Schrift auslegen«, fuhr Don Serafino wütend los.
Agnese saß immer noch auf der Hausschwelle mit gebeugtem Kopf und gespannten Zügen. Mühsam erhob sie sich und kehrte in das Haus zurück. Don Serafino stützte sich auf

seinen Schirm wie auf einen Stock, bog die Knie und ließ sich neben Andrea in das Gras sinken. Er war in den letzten Tagen stark gealtert, sichtlich abgemagert und atmete schwer.

»Ja«, sagte er versöhnt, »hier ist es gut.« Auf Agnese deutend, fügte er hinzu: »Hast du ihr wieder hart zugesetzt?«

»Man muß ihr doch jedes Wort mit der Zange herausziehen«, verteidigte sich Andrea.

»Du warst nicht zu sehen, heute morgen«, fuhr der Priester fort. »Wir erwarteten dich. Warst du schon wieder unterwegs? Kriminalistischen Spürsinn kann man dir nicht abstreiten.«

»Willst du mich beleidigen? Ich hoffte, die frische Luft würde dich aufheitern.«

»Nein, ich sprach ganz im Ernst. Im übrigen ist es nicht weiter merkwürdig, daß sich bei Verfolgten ein starker Hang zur Schnüffelei entwickelt. Es ist immer schrecklich, wenn die früher Verfolgten an die Macht kommen.«

»Wenn du es genau wissen willst, ich bin sogar bei dir vorbeigegangen, aber in einem ungünstigen Augenblick. Du zanktest dich gerade mit Luca.«

»Du hättest ruhig Laut geben können. Oder hast du lieber hinter der Tür gehorcht? Daß du dazu fähig bist, weiß ich jetzt.«

»Das wäre überflüssig gewesen. Manchmal habt ihr aus Leibeskräften geschrien. Ich habe gewartet, bis ihr fertig wart, und bin dann gegangen. Wie kam es denn dazu?«

»Natürlich deinetwegen.«

»Das war mir allerdings sofort klar. Deshalb habe ich dich hergerufen.«

»Ich fürchte, daß ich Luca gekränkt habe«, fuhr der Priester fort. »Er will wieder in sein Haus zurück.«

»Zwischen die Schutthaufen?«

»Du mußt versuchen, ihn zu beschwichtigen. Zöge er von mir weg, so wäre das für mich eine Demütigung. Alle würden es merken.«

»Da wir gerade dabei sind«, sagte Andrea, »möchte ich dir gleich einen meiner Eindrücke mitteilen. Eurer Auseinandersetzung glaube ich entnommen zu haben, daß nicht einmal du alles über Luca weißt.«

»Warst du überzeugt, daß ich alles wüßte? Das macht deinem kriminalistischen Spürsinn keine große Ehre.«

»Du überraschst mich immer aufs neue«, fuhr Andrea fort. »Überlegen wir doch einmal. Der Prozeß ging in mancher Hinsicht auch dich an, nicht wahr? Er bewegte dich, machte dir Kummer, er hatte für das Leben der Gemeinde, für die du verantwortlich warst, unheilvolle Folgen. Wie hast du darauf verzichten können, zu wissen? Nein, mein Lieber, verschone mich mit einer nichtssagenden Antwort. Laß dieses eine Mal bitte alle Verstellung beiseite.«

»Das, was ich wußte, genügte mir.«

»Was wußtest du?«

»Etwa das, was heute auch du weißt.«

»Nur? Das Wesentliche kenne ich nicht.«

»Das Wesentliche kennt nur Gott.«

»Don Serafino, gib doch das Spiel der Ausflüchte einmal auf«, sagte Andrea, der die Geduld verlor. »Für den Augenblick komme ich bis zu dem folgenden Punkt und nicht weiter: Luca hat Perticara um 10 Uhr abends in Richtung auf Cisterna verlassen, aber niemand hat ihn gesehen. Oder«, fuhr er, sich dem Priester zuwendend, fort, »hast du Anhaltspunkte dafür, daß jemand ihn gegen 2 Uhr nachts in Cisterna gesehen hat?«

»Nein, niemand hat ihn gesehen.«

»Ich weiß nicht, ob ich dir glauben soll, aber gehen wir weiter. Vier Stunden später, gegen 3 Uhr nachts, fand Ludovico ihn an seinem Mühlgraben. War Luca schnurstracks von Perticara dorthin gegangen? Und wenn nicht, wo war er dann in der Zwischenzeit gewesen?«

»Machst du Unglücksmensch dir nicht klar, daß das spiritistische Faxen sind?«

»Glaubst du nicht«, fuhr Andrea fort, »daß, bei aller Ehrfurcht vor den Toten sei es ausgesprochen, Luca diese Stunden mit der Signora Ortensia verbracht hat?«

»Was für eine Torheit. Alles, was nachher kam, wäre dann vollends absurd.«

»Inwiefern absurd?«

»Hätte, so frage ich dich, ein Mann es nötig gehabt, sich zu Zuchthaus verurteilen zu lassen, der in der Lage gewesen wäre, die Nacht bei seiner eigenen Geliebten zuzubringen?«

»Gut«, sagte Andrea, »nur weiter. Sag auch du endlich einmal alles, was du weißt.«

»Hätten Ortensia und Luca miteinander die Ehe gebrochen, so hätten wir hier, halte das fest, statt einer Tragödie eine Komödie erlebt. Ich kann darüber ganz unbefangen sprechen, habe ich doch nichts von dem, was ich wußte und weiß, in meiner Eigenschaft als Geistlicher erfahren, alles vielmehr als Freund und entfernter Verwandter. Ihr Beichtvater war, glaube ich, der Pfarrer von Perticara, der meist einmal im Monat kam, um für unsere Gemeinde Messe zu lesen. Hierzu wäre noch zu sagen, daß Luca eine Reihe von Jahren hindurch einseitig verliebt war. Als Ortensia heiratete, liebte sie Luca sicherlich nicht, obwohl sie zuweilen mit ihm gescherzt und gelacht hatte. Sie wußte, mit anderen Worten, daß Luca entflammt war, sah aber die Feuersbrunst nicht voraus. Es mag sein, daß sie aus Eitelkeit auch nach der Ehe weiterhin kokettierte, mit Luca oder auch mit anderen jungen Leuten, die ihr vorher den Hof gemacht hatten. In Wirklichkeit war sie, glaub mir, von Grund auf ehrbar. Sie geriet wohl ins Schwärmen, verdrehte die Augen, wurde leidenschaftlich und verfing sich in Widersprüchen; sobald aber jemand sich ein Wort oder eine Gebärde erlaubte, die nur im geringsten ihr Schamgefühl verletzte, verwies sie ihn unbarmherzig in seine Schranken. Sie hatte nicht geahnt, und niemand von uns hatte geahnt, daß Luca einer so unerhörten Leidenschaft fähig sein könnte. Möglich, daß die beiden ein paar zärtliche Worte miteinander gewechselt hatten, bevor Ortensia verheiratet war.

Vielleicht hatte das Mädchen sie binnen kurzem vergessen, während sie in Lucas Herzen fest eingegraben blieben. Offenbar hat er, beachte das wohl, von ihr nie etwas verlangt. Er machte auch keine Szene, als sie sich verheiratete. Auf den Gedanken, daß sie jemals ihren ehelichen Pflichten untreu werden könnte, ist er nie verfallen. Aber darüber war er sich nicht klar, daß ein so starkes und hartnäckiges Gefühl wie das seine in einer so kleinen, engbegrenzten Umwelt wie Cisterna auf die Dauer eine unhaltbare Lage schuf. Die Liebe hatte über den armen Luca uneingeschränkt Macht gewonnen. Er war fleißig, umgänglich, freundlich geblieben wie zuvor; aber man sah, daß er an sie dachte und an nichts anderes.

Stell dir vor«, fuhr der Priester fort, »daß sogar am Sonntag in der Kirche während der heiligen Messe seine Blicke beständig auf sie gerichtet waren. Die Folge war, daß die Gläubigen statt auf die Zelebrierung der Messe nur auf die beiden achteten. Ich war genötigt, ihn in die Sakristei zu rufen und ihm ins Gewissen zu reden. Du mußt den Altar anschauen, sagte ich ihm, und nicht diese oder jene Dame. Am folgenden Sonntag gehorchte er, er ließ den Altar nicht einen Augenblick aus den Augen. Aber alle beobachteten ihn wegen seiner gezwungenen Haltung, und das Ergebnis war das gleiche. Schließlich konnte ich nicht umhin, ihn aus der Kirche zu verweisen. Bei jeder, auch der zufälligsten Begegnung zwischen beiden wiederholte die Szene sich unweigerlich, was eine ungesunde Spannung erzeugte. Aber nicht immer trafen sie nur zufällig zusammen. Da gab es Familienfeste, bei denen die Begegnung nicht zu vermeiden war. Du weißt, daß in Cisterna, wie in jeder kleinen Gemeinde, die Bande des Blutes so vielfach sich verästeln, daß schließlich jeder mit jedem mehr oder weniger verwandt ist. Und jedesmal zeigte sich deutlich, daß für Luca von dem Augenblick an, wo Ortensia erschien, nichts und niemand mehr zählte. Wenn sie sich wenigstens unziemlich oder herausfordernd aufgeführt hätten! Dann hätte man eine Handhabe gehabt, sie zurechtzuweisen. Statt dessen lag der Fall ernst, und noch ernster, als wir gewahr wurden, daß Ortensia allmählich selber Feuer fing. Wenn er sich fernhielt, so war sie es, die ihn in den Kreis ihrer Unterhaltung einbezog. Über jede Frage, die von den anderen angeschnitten wurde, holte sie seine Meinung ein, als ob sie nur ihm glaube und ihn als den anderen überlegen ansehe.«
»War sie schön?«
»Ja, sie war schön, soweit ich ein Urteil hatte, doch würde es mir schwerfallen, dir zu beschreiben, von welcher Art diese Schönheit gewesen ist. Man sprach zu jener Zeit viel darüber, man erörterte diese Frage geradezu. ›Sie ist schön, ja, aber worin besteht ihre Schönheit?‹ so sagte man. Sie war groß und schlank, hatte grünliche Augen und schönes, stets wohlgepflegtes Haar. Wenn sie lächelte, wirkte sie besonders anziehend. Sie lächelte oft.«
»Im ganzen also für die armen Verwandten ein Kapital, das umsichtig angelegt werden wollte.«

»Geradezu das große Los, der Goldschatz in der Wiege. Es gibt ja auch nicht so viele Wege, die aus dem Elend herausführen. Zu den wenigen gehörte bei uns von jeher der Besitz einer schönen Tochter. Seit Ortensia zwölf oder dreizehn Jahre war, begann folglich die ganze Sippe, auf ihre natürlichen Reize zu setzen. Im Sinne dieser Sendung wurde das Mädchen erzogen und nahm sie gern auf sich, als ein Gesetz der Natur und der Gesellschaft, als ihren Stolz und ihr Vorrecht. So wurde das Kind gleichzeitig dreist, schüchtern und unbefangen, auch oberflächlich, wie eben die Schönheit es mit sich bringt. Die Ehe hatte sie noch verschönt, ihr lebhafte Farben gegeben. Luca selbst teilte durchaus die herkömmlichen Ansichten über die Achtung, die man der ehelichen Treue schuldet. Von dieser Achtung überzeugt, bekannte er sich zu ihr, er unterwarf sich ihr. An seiner Ehrlichkeit zu zweifeln, lag keinerlei Anlaß vor. Er maßte sich kein Recht an. Es ist ja außerdem alltäglich, von der Liebe zu sprechen; wer spräche nicht von ihr? Luca gab seinem Gefühl keinen Namen. Wozu es auch benennen, da es die anderen nichts anging? Er begriff nicht, daß er auch so in sein Verderben rannte; er machte es sich nicht klar.«

»Weshalb konntet ihr ihn nicht in Frieden lassen, wo er doch niemandem etwas zuleide tat?«

»Du sprichst, als seiest du auf dem Mond geboren. Dies hier ist, wie dir bekannt sein sollte, kein Dorf, sondern ein großer Clan. Alle sind wir mehr oder weniger miteinander verwandt; persönliche Angelegenheiten gibt es hier nicht. Die unwahrscheinlichsten Gerüchte über die Beziehungen zwischen Ortensia und Luca waren zum täglichen Gespräch der Familien geworden. Die Überlieferung des ländlichen Stammes ist, wie du weißt, die der *Cavalleria Rusticana*: Ehebruch und Messerstecherei. Leider stand Luca dieser Tradition fern. Er war ein Sonderling. Dein Vater, der ihn leiden mochte, ärgerte sich darüber. ›Geh mit ihr ins Bett‹, sagte er ihm, ›dann ist alles bald zu Ende. Weshalb gehst du nicht mit ihr zu Bett?‹ wiederholte er. ›Dann siehst du sie als Frau wie andere auch, und die Sache wird aus sein.‹ Aber Luca liebte derartige Bemerkungen nicht. Er brach mit deinem Vater, gerade um diese Redensarten nicht mehr zu hören. In einem gewissen Sinne …«

»Dennoch war Luca nicht ohne Erfahrungen«, betonte Andrea. »Jemand von hier, der mit ihm zusammen gedient hat, erzählte mir, daß er die Freudenhäuser ebensowenig wie seine Kameraden verschmähte.«
»Ja, in dieser Hinsicht war er wie alle anderen«, räumte Don Serafino ein. »Kein Tugendbold und noch weniger krankhaft veranlagt. Aber seine Leidenschaft war absonderlich: eine aussichtslose Liebe.«
»Eine Liebe, die überhaupt keinen Anspruch erhob?«
»Eine sonderbare Liebe«, erwiderte Don Serafino. »Trotz alledem war er ungewöhnlich sanft. Das genaue Gegenteil von dir.«
»Inwiefern das Gegenteil?«
»Stärker und sanftmütiger.«
»Entsagungsvoller, meinst du mit anderen Worten?«
»Nein, ich meine gefestigter. Man konnte ihn hassen, konnte aber nicht mit ihm aneinandergeraten. Er besaß einen verteufelten Starrsinn. ›Mein Gefühl geht euch nichts an‹, sagte er mir einmal. ›In Wahrheit‹, versuchte ich ihm zu erklären, ›gehen uns vom christlichen Standpunkt aus die Gefühle mehr an als alles andere: Die Sünde‹, erklärte ich, ›liegt in den Gefühlen, nicht in den Taten.‹ – ›Ich weiß nicht, was ich dann machen soll‹, gab er zur Antwort. Andererseits schien Ortensia nicht aus dem gleichen Holze geschnitzt zu sein wie er. Die arme Frau war weniger gefestigt, weniger sicher, weniger widerstandsfähig, mit schnellen Schritten näherte sie sich den Grenzen der Hysterie. Schon war sie von einer krankhaften Empfindsamkeit. Der Anblick einer Rose, die in einem Wasserglas auf meinem Tische stand, rührte sie bis zu den Tränen. ›Du richtest sie zugrunde‹, sagte ich zu Luca, ›du machst sie unglücklich, man sollte nicht meinen, daß du sie liebst.‹ Das war der einzige Gedankengang, der ernstlich auf Luca wirkte; deshalb zeigte er sich jedem unserer Ratschläge zugänglich, der eine neue Lage schaffen sollte.«
»Er konnte auswandern, fortgehen.«
»Auch dieser Plan ist erwogen worden. Luca hatte seinen Paß erhalten und das Geld für die Überfahrt zusammengespart. Am Tag vor der Abreise aber widersetzte Ortensia sich. ›Solange er ledig bleibt‹, sagte sie, ›werde ich keine Ruhe haben. Wir müssen eine Frau finden, die ihn glücklich macht.‹

So kam es zu der Familienversammlung, welche die Heirat beschloß. Wie sie scheiterte, weißt du schon.«

»Ich? Nichts weiß ich«, widersprach Andrea.

»Unsinn«, entgegnete Don Serafino gereizt, »genausoviel wie ich weißt du.«

»O nein, entschuldige, ich kann dir nicht glauben. Wie erklärt es sich denn, daß du, ebenso wie Teresa und Ortensia, es duldetest, daß Luca sich stillschweigend zu Zuchthaus verurteilen ließ? Doch immerhin keine Kleinigkeit. Ihr müßt mehr gewußt haben.«

»Wir wußten, daß Luca sich in einer verzweifelten, einer unerträglichen Lage befand. Das Zuchthaus war ein Ausweg. Genügt dir das nicht?«

»Nein, wahrlich nicht. Nie hätte Teresa das hingenommen. Siehst du denn nicht, wie blutleer deine Erklärung ist, als sei sie einem Handbuch der Psychologie entnommen? Du belügst mich noch immer.«

»Mir wird übel vor deiner Unverschämtheit.« Der Priester erhob sich mühsam. »Nie hätte ich gedacht, daß mir am Ende meines Daseins noch ein derartiger Verdruß auferlegt sein würde.«

12

»Luca wollte dich in deiner Wohnung abholen«, sagte Don Serafino. »Ist er dir nicht begegnet?«

»Ich bin durch die Gartentür fort«, sagte Andrea, »und ich habe hinterlassen, man möchte ihn dabehalten.«

»So kannst du es nicht länger treiben. Er verliert noch die Geduld.«

»Heute fahre ich mit Pferd und Wagen«, sagte Andrea. »Mein Motorrad ist nicht in Ordnung. Du solltest mich begleiten. Ich schlage einen hübschen Ausflug vor.« – »Nein«, antwortete Serafino. »Ich will mich nicht weiterhin dadurch lächerlich machen, daß ich mich mit dir zeige.«

»Mir fehlen noch ein paar Steinchen für mein Mosaik. Ich kann gerade jetzt nicht aufgeben.«

»Je mehr Steinchen du zusammenträgst, um so mehr werden sich dir die Fäden verwirren«, warnte der alte Priester. »Es scheint, als sei in der vorigen Nacht im verlassenen Hause der Ascia ein unbestimmtes Licht gesehen worden, das dort herumflackerte. Was genügt, daß von Gespenstern und anderen Teufeleien gemunkelt wird. Das warst du vermutlich?«

»In der vorigen Nacht? Nein, da war ich nicht hier. Ich bin gestern nach Aquila gefahren, zur Provinzialirrenanstalt.«

»Hast du dich untersuchen lassen? Warum haben sie dich wieder laufen lassen?«

»In den Listen findet sich keine Spur einer Frau Ortensia Ascia.«

»Was bedeutet, daß man sie woanders untergebracht hat.«

»Weißt du, wo?«

»Nein.«

»Der Gemeindesekretär hat es mir gesagt. Außerdem ergibt es sich aus dem Personenstandsregister. Die Dame ist im vorigen Jahre gestorben, und zwar im Benediktinerinnenkloster von Santa Chiara, auf dem Hügel von San Rufino. Ich fahre jetzt mit dem Jagdwagen dorthin.«

»Um ihr Blumen auf das Grab zu legen?«

»Um die Äbtissin zu sprechen.«

»Deshalb das weiße Hemd und die Krawatte? Ich glaube aber nicht, daß sie dich empfangen wird.«
»Ich werde mich auf dich berufen. Hast du etwa die arme Dame dorthin gebracht, als sie den Verstand verloren hatte?«
Von der Straße her war Tonis Stimme zu vernehmen. »Der Wagen ist da«, rief er.
»Leb wohl«, sagte Andrea zum Priester. »Ich werde die Äbtissin von dir grüßen.«
»Hör mal«, sagte Don Serafino plötzlich.
»Willst du mitkommen?«
»Nein. Ich möchte dir eine nicht unwichtige Tatsache mitteilen. Setz dich, der Kaffee ist fertig, ich habe ihn selber gekocht.«
»Also, was gibt es? Kaffee kannst du wenigstens machen. Meinen Glückwunsch.«
»Frau Ortensia war nicht wahnsinnig, als sie ihren Mann verließ!«
»Das dachte ich mir schon. Hast du sie später verrückt werden lassen?«
»Sie ist niemals wahnsinnig gewesen. Aber um vor der hiesigen Sippe die Trennung von ihrem Manne zu rechtfertigen, blieb uns keine andere Erklärung übrig.«
»Eine eiserne Stirn hast du wirklich«, rief Andrea. »Du behauptest, nichts zu wissen, und dabei bewahrst du noch diesen dicken Brocken in deinem Kopf.«
»Ich bin mir darüber im klaren«, antwortete trocken der Priester, »daß meine Achtung vor Herzensgeheimnissen nicht zu den Empfindungen gehört, die du zu würdigen vermagst.«
»Nein, in deinem Falle besonders vermag ich sie nicht zu würdigen. Ich betrachte sie vielmehr als Maske deiner seelischen Bequemlichkeit.«
Der Priester schloß die Augen, als schwindelte ihm, und schwieg eine Weile.
»Andrea«, sagte er endlich in leisem, gefaßtem Ton, »du täuschst dich, wenn du vermeinst, mit einem Manne zu sprechen, der mit sich selbst zufrieden ist und mit der Art, wie er den furchtbaren Pflichten seines Amtes gerecht zu werden gesucht hat. Besser als du kenne ich meine Grenzen, meine

Gebrechen, meine Sünden. Aber am tragischen Schicksal von Luca und Ortensia glaube ich keine Schuld zu haben.«

Don Serafino glich einem gefällten Baum: er hatte auf jede Verteidigung verzichtet und auf jede Verstellung; er ließ sich gehen.

»Die Katastrophe«, fuhr er fort, »wurde von Kräften herbeigeführt, die uns allen entgingen. Da war nicht zu raten. Als wir erfuhren, daß Luca, obwohl unschuldig, sich während der Untersuchung nicht gegen die Mordbezichtigung wehrte, waren wir hilflos. Niemand von uns war verrückt, aber wir alle spürten den Massenwahn. Es waren schreckliche, qualvolle Tage. Lucas Mutter, die arme Teresa, schloß sich in die Kirche ein, verbrachte drei Nächte weinend vor dem Tabernakel und wies alle Nahrung zurück. Ortensia befand sich im Zustand offensichtlicher Verzweiflung, sie jammerte, schrie, flehte Gott an und den Teufel, bezichtigte sich selber, raufte sich die Haare und rannte mit dem Kopf gegen die Wand. Eines Nachts mußte Don Silvio mich zu sich bescheiden, um sie zu exorzieren. Ich stand einem armen, verschreckten, verstörten Geschöpf gegenüber. Sie wollte sich gleich beim Richter melden, um für Luca auszusagen. Der Wagen wartete schon vor der Haustür.«

»Wollte sie über Tatsachen aussagen, die sie allein kannte?«

»Man redete es ihr mit Mühe und Not aus. Für den Augenblick nahmen wir Zuflucht zu einem verzögernden Einwand. Man müsse erst Luca fragen, sagten wir. Zeiten größerer Ruhe lösten sich mit neuen Anfällen von Furcht ab und mit neuen Drangsalen, je nach den Nachrichten über Luca und sein Benehmen, das jeglichem Versuch der Verteidigung zuwiderlief.«

Don Serafino hatte eine Pause gemacht, um Atem zu schöpfen.

»Sprich weiter«, sagte Andrea. »Jetzt bist du über die Hürde.«

»Ich möchte heute nicht wieder auf den Prozeß zurückkommen«, fuhr er fort. »Ortensia ließ mich einige Tage nach der Verurteilung holen. Ich fand sie entsetzlich abgemagert vor, nur Haut und Knochen, aber doch ruhig. ›Seitdem er eingesperrt ist‹, sagte sie, ›lasse ich mich zur Ader. Ich habe keinen Tropfen Blut mehr in mir.‹ Ihre Worte erschreckten mich. ›Seit er aus Liebe zu mir freiwillig das Zuchthaus auf sich genommen hat‹, erklärte sie, ›kann ich in diesem Hause nicht bleiben. Ich werde fortan nicht mehr leben können, ohne an ihn zu denken. Man erzählt sich von Männern, die aus Liebe in den Tod gegangen sind; aber Luca hat sehr viel mehr getan. Das Zuchthaus ist schlimmer als der Tod. Sterben dauert nur einen Augenblick und verlangt nur den Mut eines Augenblickes; das Zuchthaus vernichtet ein Leben. Glaubt nicht‹, fügte sie hinzu, ›daß das Opfer, das ich bringen will, mich unglücklich macht. Im Gegenteil, endlich habe ich jemand gefunden, an den ich glauben kann. Fortan glaube ich an ihn. Wie könnte ich es über mich gewinnen, hierzubleiben? Jetzt darf mir keiner vorwerfen, daß ich das eheliche Haus preisgebe, um mich einem Liebhaber in die Arme zu werfen.‹ Du kannst dir vorstellen, wie mir bei diesen Worten zumute wurde. Weniger aus Überzeugung, als weil es mir mein Amt gebot, stammelte ich etwas von der Unlöslichkeit der Ehe. Aber darum ging es nicht mehr. Der gewaltigen Selbstverleugnung, die Luca aufgebracht hatte, verdankte sie eine zurückgewonnene Freiheit, welche die aufwog, die er preisgegeben hatte. Ortensia hatte lange über das eigentliche Wesen der Schande nachgesonnen, die aus der Untreue entsteht. Ihr Fall hatte jedoch die Werte auf den Kopf gestellt. ›Wer‹, so fragte sie mich, ›kann die Schmach von mir nehmen, wenn ich vor Gottes Angesicht trete, nachdem ich den Mann im Stiche gelassen habe, der mir seine Seele geopfert hat?‹ O nein, das war nicht mehr die hübsche, flatterhafte, oberflächliche Ortensia, die ich gekannt hatte, das war ein anderes, durch Leid geläutertes Geschöpf. Das Schicksal hatte sie geschlagen und – so war sie an ihm gewachsen. Hast du je die Seele einer Kreatur gesehen?«

»Was meinst du damit? Eine Seele ohne Leib? Ein Gespenst?«

»Ortensia war herrlich und schrecklich zugleich. Für den Augenblick schienen mir alle menschlichen Absprachen aufgehoben. Ich fühlte mich unfähig, ihr eine Predigt zu halten. Die konventionellen Worte erstarben mir auf den Lippen. Außerdem war sie von ihrem Vorhaben nicht abzubringen. Sie bat mich nur, mit ihrem Mann und ihren nächsten Verwandten zu beraten, um gemeinsam mit ihnen einen Grund zu erfinden, der kein Ärgernis gab. Eine Erklärung ihres Verhaltens, die einleuchtete. So hatten gerade die, welche Lucas Verurteilung und die Vorspiegelung seiner Mordtat hingenommen hatten, ihrerseits auch die Vorspiegelung des Wahnsinns der Frau hinzunehmen. Ich muß hinzufügen, daß die Verwandten im allgemeinen von diesem Wahnsinn überzeugt waren. Fuhr sie denn nicht etwa gut mit Don Silvio? Woran gebrach es ihr? fragten sie sich. Ortensia verließ am gleichen Abend das Haus. Der Ehemann ließ sich nicht sehen. Sie erschien an der Tür ihrer Villa im schwachen Schein einer Laterne. So blaß und aufrecht war sie wie eine Kerze. Sie stieg, ohne sich auch nur umzuwenden in den Wagen, wo ich auf sie wartete. ›Du wirst Silvio in meinem Namen danken‹, das waren die einzigen Worte, die sie an mich richtete. ›Wofür?‹ fragte ich blöde. ›Daß er sich nicht gezeigt hat‹, antwortete sie.«

»Wie benahm sich der Mann?«

»Nach dem Scheiden der Frau gab er alles auf. Er ging nach Brasilien, wo er eine Kaffeeplantage kaufte. Das war der Ruin für Cisterna. Ich glaube, er lebt noch.«

Tonis Stimme kam abermals durch das Fenster.

»Der Wagen ist bereit. Soll ich die Pferde in der Sonne stehen lassen?«

»Ich komme sofort, bleib, wo du bist«, rief Andrea ihm zu.

Dann stieg er in den Wagen und ließ die Pferde antraben.

Auf die Landschaft achtete er unterwegs wenig. Die Straße war leer. Das Land lag da wie ausgestorben. Während der Fahrt hatte die Sonne langsam den Zenit erreicht. Es war eine Sonne, vor der es keinen Schutz gab, eine gnadenlose Sonne, um die sich alles zu drehen schien, Berge, Bäume, Wiesen, Pfade, Bäche, wie um einen Bratspieß. Bei jeder Straßenkurve näherte sich das Klostergebäude und rückte wieder in die Ferne. An der Steigung des Sattels von San Rufino fiel das Pferd in Schritt, und Andrea sprang vom Wagen. Die letzten Kehren der Anhöhe legte er zu Fuß zurück, wobei er neben dem Wagen herging, nachdem er die Zügel an der Bremse befestigt hatte.

Schließlich gelangte er zu der Hochfläche, auf der das Kloster sich erhob: einem weiten, rasenbestandenen Gelände, dessen Graswuchs hier und da durch Gestrüpp und Steinhalden unterbrochen war. Außer zwei unbewohnten, verfallenen Häusern ohne Türen und Fenster waren keine Gebäude zu sehen.

Das Kloster war umgeben von einem alten Park, der von einer fast völlig mit Efeu bedeckten Mauer umschlossen lag. Andrea band das Pferd am Torgitter fest, warf ihm Heu vor und schlug die große Allee ein, die zum Hauseingang führte. Die Fassade des Klosters hatte einen gelben Anstrich, in dem breite Risse klafften. Vor den meisten Fenstern waren die Läden geschlossen, was den Eindruck der Unbewohntheit hervorrief. Raben umflatterten krächzend das Dach. Nahe am Eingang rechte ein alter Mann Heu zusammen. Er mußte taubstumm oder schwachsinnig sein, denn er erwiderte den Gruß nicht. Andrea zog am Strick einer kleinen Glocke, der neben dem Haustor hing. Nach langem Warten öffnete sich, als er gerade zum zweitenmal läuten wollte, das Tor. Eine kleine, gelbhäutige, schwarz gekleidete Nonne erschien. »Ich komme vom Pfarrer von Cisterna«, sagte Andrea. »Ich muß die Mutter Äbtissin dringend sprechen.«
»Haben Sie einen Brief?«
»Nein, ich möchte sie persönlich sprechen.«
»Sie haben also kein Einführungsschreiben? Um was handelt es sich?«
»Um Donna Ortensia Ascia.«
»Aber Sie wissen doch, daß ...«
»Ja, natürlich, vor einem Jahr.«
»Treten Sie ein. Ich gehe vor, um Sie der Mutter zu melden. Es ist freilich nicht sicher, daß sie Sie empfangen kann.«
Andrea folgte ihr. Als er einen breiten, dunklen Flur überquert hatte, gelangte er in einen kleinen Binnenhof mit einem Brunnen in der Mitte. Dort war gerade eine andere Nonne damit beschäftigt, die Tauben so anmutig und gütig zu füttern, daß er den Schritt anhielt.
»Kommen Sie«, mahnte seine Führerin.
Andrea wurde in einen weiten Empfangsraum geführt, wo es dunkel und kühl wie in einem Keller war. Nachdem die Nonne ein Fenster geöffnet hatte, das auf einen Garten hinausging, konnte er in der Wand ein Gitter unterscheiden, in dessen Nähe ein Sessel gerückt worden war.
»Warten Sie hier«, sagte sie, »vielleicht wird aber die Ehrwürdige Mutter Sie nicht empfangen können.«
Außer dem Sessel besaß das Sprechzimmer keine Möbel. An den anderen Wänden hingen nachgedunkelte Bilder, Porträts

von Prälaten, Äbtissinnen und Gönnerinnen. Ein leichter Duft von Moder und Kerzen durchwebte die Luft. So feierlich das Sprechzimmer wirkte, so sehr sah man ihm an, daß es im Jahre kaum einen Besucher empfing. Das Schweigen des Friedhofes herrschte hier. Im Lande ringsum wußte man, daß das Kloster immer mehr verfiel. Man erörterte die Frage, was geschehen würde, wenn die letzte Insassin gestorben wäre. Nur wenige alte Nonnen konnten noch am Leben sein. Andrea wartete lange. Um die Zeit totzuschlagen, trat er an das offene Fenster. Es ging auf einen Teil des Parks hinaus, der zum Gemüsegarten umgearbeitet war. Eine alte Schwester schöpfte aus einem Brunnen und begoß den Lattich. Dann erklang eine ferne Glocke, die Schwester Gärtnerin ließ ab von der Arbeit und machte das Zeichen des Kreuzes. Das leichte Gehen einer Tür jenseits des Gitters kündete dem Besucher die Ankunft der Äbtissin an. Er trat näher heran. Eine weiße Erscheinung regte sich im Dunkel hinter den eisernen Stäben. Ihre Züge, ihr Alter, ihr Gesichtsausdruck waren kaum zu erkennen.

»Nehmen Sie Platz«, sagte sie.

Ihre Stimme war leise, angenehm, gleichsam körperlos.

»Sie sind aus Cisterna? Wie ist Ihr Name?«

»Andrea Cipriani.«

»Cipriani? Vor vielen Jahren hatten wir in Cisterna eine großmütige Wohltäterin, die Annamaria Cipriani hieß.«

»Das war meine Großmutter, eine gottesfürchtige Frau. Einmal, als Kind, habe ich sie hierher begleitet. Die damalige Äbtissin schenkte mir wohlschmeckende kleine Kuchen. So habe ich diesem Kloster immer ein freundliches Andenken bewahrt.«

»Bei allen Gottesdiensten für die Toten gedenken wir Ihrer Großmutter namentlich.«

»Eine heilige Frau, dagegen läßt sich nichts sagen«, fügte Andrea hinzu. »*Requiescat in pace*. Aber sie war der Untergang der Familie.«

»Der Untergang?«

»Der wirtschaftliche Untergang, wie mein Vater sagte. Offenbar hat sie den Priestern und Nonnen alles hinterlassen, was den Kindern zugekommen wäre. Alles zum Heil ihrer Seele, versteht sich.«

»Haben Sie auch die Signora Ortensia persönlich gekannt? War auch sie mit Ihnen verwandt?«

»Wer ist in Cisterna nicht miteinander verwandt, Ehrwürdige Mutter? Aber persönlich gekannt habe ich die unglückliche Dame nicht, da ich noch nicht geboren war, als sie Haus und Dorf verließ. Ihre Geschichte freilich, die kenne ich gleichsam aus erster Hand.«

»Lebt Don Serafino noch?«

»Ja, alt und ein wenig querköpfig. Ich möchte fast sagen, halsstarrig. Stellen Sie sich vor, daß er heute selber hierherkommen wollte, obwohl er mit starker Atemnot aufgewacht ist. Ich hatte alle Mühe, ihn zu überreden, daß er mich schickte. Von anderem abgesehen, kehrt man ja immer gern dahin zurück, wo man als Kind gewesen ist.«

»Als wir ihm das Hinscheiden der Dame anzeigten, hat er nicht geantwortet.«

»Das wundert mich. Ich kann Sie versichern, Ehrwürdige Mutter, daß er dem Schicksal der Dame stets großes Mitgefühl entgegengebracht hat. Aber mit dem Alter mag diese Teilnahme, wenn ich so sagen darf, ein wenig nachgelassen haben.«

»Vielleicht ist er nicht mehr Gemeindepfarrer? Ach ja, wir haben damals den Fehler begangen, unpersönlich zu schreiben, an den Pfarrer von Cisterna.«

»Das erklärt alles, Ehrwürdige Mutter. Der gegenwärtige Pfarrer, ein gewisser Don Franco, ist ein moderner Typ, forsch und lebensbejahend. Reden wir lieber nicht davon. Immerhin erhielt auch Don Serafino von dem Todesfall Kenntnis. Hat er doch einen Gottesdienst für das Seelenheil der Verstorbenen – ich weiß nicht, ob man so sagt – abgehalten.«

»Hätte er uns seinerzeit geantwortet, so hätten wir ihn gern gefragt, wie wir über einige persönliche Andenken der unglücklichen Dame verfügen sollten. Sie wissen ja, daß sie hier an die vierzig Jahre zugebracht hat. Sie lebte mit uns, war eine der Unsern, aber sie blieb immer ein Gast, eine *donata*, wie man bei uns sagt; sie war keine Schwester.«

»Versteht sich, sie war doch verheiratet.«

»Folglich haben ihre persönlichen Habseligkeiten ihr gehört. In dieser Frage wollten wir Don Serafinos Rat einholen. Da wir keine Antwort erhielten ...«

»Verzeihen Sie, Ehrwürdige Mutter, daß ich unterbreche. Ich bitte Sie, mir zu glauben, daß meinem Besuch keinerlei materielles Interesse zugrunde liegt.«
»Welchen Zweck verfolgt dann Ihr Besuch?«
Obwohl er auf diese Frage gefaßt sein mußte, wurde Andrea verlegen.
»Je nun«, zögerte er, »soll ich Ihnen die Wahrheit sagen, Ehrwürdige Mutter? Mir liegt viel daran, zu erfahren, wie die Dame diese lange Zeit hier verbracht hat. Hat sie hinter diesen Mauern ihre Ruhe, ihren Frieden gefunden? Wurde sie manchmal von Reue geplagt? Vertraute sie sich Ihnen an? Oder anderen Schwestern?«
»Sie sagten, Sie seien von Don Serafino geschickt worden.«
»Es ist etwas Wichtiges eingetreten, Ehrwürdige Mutter, ein schwerwiegender Vorfall. Ich hoffe, Sie werden mich verstehen. Ein Mann, der sich wegen Donna Ortensia zu Zuchthaus hatte verurteilen lassen, ist nach Cisterna zurückgekehrt.«
»Luca Sabatini?«
Unversehens verschleierte sich die klare, unpersönliche Stimme der Äbtissin.
»Die Ehrwürdige Mutter kennt sogar den Namen und erinnert sich seiner?« rief Andrea aus. »Nun, also vor einigen Monaten ist er endgültig schuldlos erklärt worden. Vor kurzem begnadigt, lebt er jetzt unter uns.«
Ein langes Schweigen folgte.
»Wie geht es ihm gesundheitlich?« fragte schließlich die Äbtissin. »Nimmt sich jemand seiner an?«
Es war etwas Neues in ihrer Stimme, eine frauliche Besorgnis, die Andrea sofort auffiel.
»Er wohnt bei Don Serafino«, beeilte er sich zu erklären. »Die langjährige Ruhe, wenn man so sagen darf, hat ihm nichts angehabt. Ein prächtiger Mensch. Glauben Sie nicht, Ehrwürdige Mutter, daß ein Mann wie dieser eine kleine Ehrenrettung für das männliche Geschlecht bedeutet?«
»Haben sich seine Landsleute mit ihm ausgesöhnt?« forschte die Äbtissin weiter. »Ich kann Ihnen sagen, daß dies die ständige Sorge der Signora Ortensia gewesen ist. ›Vielleicht kehrt er heim‹, so sagte sie uns, ›aber dann wird er alt sein, unfähig zur Arbeit, und niemand wird sich seiner annehmen.‹«
»Beruhigen Sie sich, Ehrwürdige Mutter. Er verfügt über ein

paar zuverlässige Freunde. Solange wir ein Stück Brot haben, werden wir es mit ihm teilen.«
»Hat er den Stolz der Seele behalten, der ihm in der Jugend eigen war?«
»Trotz seiner zweiundsiebzig Jahre ist er der jüngste von uns allen. Dabei aber sehr sanftmütig.«
Die Stimme der Äbtissin war immer teilnehmender geworden. »Ist er nicht verbittert? Nicht voll Haß und Rachsucht?« fragte sie. »Nein? Und das wäre doch menschlich so zu begreifen. Man darf sich fragen, ob eine lebenslängliche Abgeschiedenheit überhaupt zu ertragen ist ohne ausgesprochene Sendung und ohne die Gnade Gottes.«
»Offensichtlich hat die Sendung, die Luca für den Lebensweg bestimmt war, Ortensia geheißen. Es war leider eine Sendung ohne Gnade. Ihr Mitgefühl für meinen Freund gibt mir den Mut zu einem Vorschlag, den Sie, Ehrwürdige Mutter, hoffentlich nicht allzu gewagt finden werden. Würden Sie mir gestatten, ihn an einem Tage, den Sie festzusetzen belieben, auf einen kurzen Besuch hierher zu bringen?«
»Hierher? Zu welchem Zweck?«
»Damit Sie ihn kennenlernen; und damit er unmittelbar von Ihren Lippen die Einzelheiten über das Leben der Donna Ortensia zu hören bekommt, um die Sie zu bitten ich mir vorhin erlaubt habe.«
»Darf ich daran erinnern, daß dies hier ein Kloster ist?«
»Die Ehrwürdige Mutter wird den Besuch in den Grenzen halten, welche die Regel auferlegt. Vielleicht steht dem nicht entgegen, daß er, wenigstens vom Park aus, das Fenster der Zelle betrachten darf, welche die Dame bewohnt hat. Oder auch nur die Bäume, die Blumen, die Berge, die von diesem Fenster aus zu sehen sind. Das wäre, meine ich, ein kleines Werk der Barmherzigkeit. Denken Sie, welche Freude die arme Donna Ortensia selber daran haben würde.«
Die Äbtissin antwortete nicht sogleich.
»Wenn es sich um einen gottlosen oder rohen Menschen handelte, würde ich Ihnen diesen Vorschlag nicht zumuten. Und schließlich wissen Sie, Ehrwürdige Mutter, aus den Erzählungen der Dame, was für eine außergewöhnliche Persönlichkeit Luca Sabatini war. Jetzt ist er ein alter Mann mit weißen Haaren. Weshalb ihm diesen nachträglichen Trost weigern?«

»Er kann kommen«, sagte die Äbtissin endlich.
»Wann? Morgen schon?«
»Er kann an jedem beliebigen Tag kommen, aber begleitet von Don Serafino. An der Tür soll er seinen Namen nicht nennen; der des Priesters genügt.«
»Und wenn Don Serafino nicht imstande wäre, sich der anstrengenden Reise zu unterziehen?«
»Dann sollen sie einen Tag abwarten, an dem er bei Kräften ist. Mittlerweile erinnern Sie mich daran, daß die Dame uns etwas zur Aufbewahrung für Luca Sabatini übergeben hat. Gedulden Sie sich einen Augenblick.«
Der weiße Umriß der Äbtissin verschwand im Dunkel. Das Geräusch von Türen, die sich hinter ihr öffneten und schlossen, war hörbar. Andrea wurde während der Wartezeit immer unruhiger. Als die Äbtissin wieder erschien, trug sie eine Rolle Papier in der Hand. Vor Aufregung beinahe zitternd, erhob sich Andrea und ging an das Gitter.
»Was ist das?« fragte er.
»Während der letzten achtzehn Jahre«, sagte die Äbtissin, »war Donna Ortensia an den unteren Gliedmaßen gelähmt. Sie lag tagsüber auf einem Liegestuhl, der, je nach Wetter und Jahreszeit, in den Garten oder auf die Veranda getragen wurde. Sie verbrachte ihre Zeit mit Sticken und Schreiben. Auf den Rat des Beichtvaters führte sie ein persönliches Tagebuch, das der Beichtvater las und zensierte.«
Die Mutter Äbtissin machte eine Pause.
»Sie schrieb außerordentlich langsam. Zuweilen grübelte sie ganze Tage über ein Wort nach oder einen kurzen Satz. Als sie denTod herannahen fühlte, erwirkte sie von ihrem Beichtvater die Erlaubnis, mir einige Seiten des Tagebuches auszuhändigen. ›Sie sind für Luca‹, sagte sie mir. Ich fragte: ›Soll ich versuchen, sie ihm da zukommen zu lassen, wo er sich befindet?‹ ›Nein‹, antwortete sie, ›bald wird er frei sein.‹ Nun gestehe ich Ihnen, daß ich wirklich nicht sicher war, ob ich mein Versprechen halten konnte. Doch der Herr hat uns abermals Seine Güte vor Augen geführt. Herr Cipriani, ich bin Ihnen für Ihr Kommen sehr dankbar. Entschuldigen Sie, daß die Papiere versiegelt sind. Sie selber hat den Siegellack daraufgesetzt.«

13

Don Serafino stieg die steile, fast senkrechte Holzstiege empor, die zu Andreas Dachkammer führte. Er fand ihn gerade dabei, wie er seine Wäsche in einen Handkoffer packte.
»Du willst fort?« fragte er. »Gerade jetzt, wo du dich ausruhen könntest? Das Leben zu genießen, verstehst du entschieden nicht. Was sind denn das hier für Papiere, die ich auf deinem Tisch sehe? Hast du etwa einen surrealistischen Roman verfaßt?«
Andrea lachte laut auf. »Ja, einen richtigen Roman«, sagte er. »Aber gänzlich erfunden. Ich habe ihn allerdings nicht geschrieben. Das hier sind die Akten von Lucas Prozeß. Willst du hineinschauen?«
Der Priester machte ein ernstes Gesicht.
»Die armen Richter«, sagte er.
»Der Fehler liegt im Beruf«, sagte Andrea gewichtig. »Eine Gerechtigkeit ist unmöglich, es sei denn, in gewissen Fällen, auf Grund des Vergeltungsprinzips.«
»Du übertreibst, wie gewöhnlich«, antwortete der Priester. »Wenn du so weitermachst, wirst du als Anarchist enden. Nicht alle Prozesse ähneln dem von Luca.«
»Da wäre noch ein anderer, der Prototyp eines Justizmordes, der meine These weit kräftiger stützt«, fuhr Andrea fort. »Da ich mit einem Geistlichen spreche, muß ich ihn unbedingt anführen. Wie wurde Jesu Verurteilung offiziell begründet? Aber der wahre Grund, weswegen er sterben mußte, war ein ganz anderer. So lehrtest du mich wenigstens, als du uns den Katechismus erklärtest.«
»Schweig still. Du mengst auf lästerliche Art das Heilige mit dem Profanen.«
Andrea nickte lächelnd.
»Gewiß, und nicht von ungefähr«, sagte er. »Du hingegen glaubst nicht an die Menschwerdung.«
»Du bist ein Wirrkopf«, sagte der Priester. »Es gibt keine bürgerliche Gemeinschaft ohne Schuld und Strafe.«
»Aber von der Strafe her ist es nicht immer leicht, auf die

Schuld zu schließen«, fügte Andrea hinzu, »das ist der springende Punkt. Mit dir habe ich mich schon genug herumgestritten. Sag mir lieber, ob Luca, als er jung war, etwas an sich hatte, was ein außergewöhnliches Schicksal vorausahnen ließ?«

»Er hatte die Neigung, zu träumen und in sich hineinzuhorchen«, sagte der Priester. »Wir hielten ihn deshalb eher für blöd.«

»Die Liebe hat ihn erlöst.«

»Die Liebe, sagtest du? Sie hat ihn ins Verderben gestürzt. Die menschliche Liebe ist eine grausame Falle.«

»Lieber Don Serafino, komm mir nicht mit Gemeinplätzen, wie sie einem Don Franco entsprächen.«

»Ich weiß zwar nicht, was in diesen Akten steht, aber auch während der Verhandlung machte Luca den Eindruck eines Schwachsinnigen. Kaum war die Sache bekannt geworden, als der Gerichtssaal sich auch schon mit einem eleganten Publikum füllte, das sich amüsieren wollte. Der Staatsanwalt richtete zahlreiche Fragen an Luca, die sein Privatleben betrafen. ›Entschuldigen Sie‹, sagte er, ›aber das sind, ohne Ihnen nahetreten zu wollen, Dinge, die Sie nichts angehen.‹ Du kannst dir das Gelächter vorstellen. Während der Vernehmung richtete er seinen Blick starr auf eine Stelle an der Wand zu Häupten des Vorsitzenden. ›Was sehen Sie sich da an?‹ schrie der Vorsitzende. ›Jesus am Kreuz‹, antwortete Luca, ›darf man das nicht?‹ – ›Sie haben den anzusehen, der mit Ihnen spricht‹, schrie der Vorsitzende. ›Entschuldigen Sie‹, erwiderte Luca, ›aber auch Er spricht zu mir: weshalb bringen Sie Ihn nicht zum Schweigen?‹ Du kannst dir die abermalige Heiterkeit des Publikums vorstellen. Es war ein ebenso abgeschmacktes wie erbärmliches Bild. Am Schluß der Verhandlung, bevor die Geschworenen sich zur Beratung zurückzogen, richtete der Vorsitzende, wie üblich, die Frage an den Angeklagten, ob er noch etwas zu sagen habe. Luca bewegte die Lippen. ›Lauter‹, brüllte der Vorsitzende. Aber Luca errötete und sah ihn scheu an. ›Was haben Sie gesagt?‹ beharrte der Vorsitzende. ›Möge Gott Euch verzeihen‹, sagte Luca. Seine Passivität war grauenhaft. Anstatt zu schelten, zu fluchen, zu drohen, blieb er zahm und sanft. Er verneinte, den Mord begangen zu haben, wohnte aber dem Aufmarsch immer neuer Zeugen, die Verdachtsgründe gegen ihn vorbrachten, wie einem Schauspiel bei, das ihn nichts anging. Ich sprach ihn einen Augenblick nach der Verurteilung, um ihm ein Paket mit Kleidungsstücken auszuhändigen, das seine Mutter mir anvertraut hatte. Als er sah, wie niedergeschmettert ich war, sagte er: ›Nur Mut.‹ Dann fügte er hinzu: ›Ihr wolltet doch, daß ich gehen sollte? Jetzt geh' ich also. Ihr wolltet mich auf den Gassen von Cisterna nicht mehr sehen? Ihr werdet mich auf lange Zeit nicht sehen.‹«

»Er hat uns alle übertroffen«, bemerkte Andrea. »Diesen Mut hätte ich nicht gehabt.«

»Ich weiß nicht«, sagte Don Serafino. »Ohne es zu wollen, hat er hier viel Unheil angerichtet. Nur Gott kann richten.«

»Wenn ich über Luca nachdenke«, fuhr Andrea fort, »frage ich mich immer, wie sich ein derartiger Charakter herausbildet. Daß er dieser Landschaft entstammt, das sieht man an jedem Zug seines Gesichtes, an der Sprache, an der Art, wie er geht, und doch ...«

»Unter seiner ordentlichen und friedfertigen Erscheinung verbirgt sich Härte«, sagte Don Serafino. »Er ist hart wie eine Stahlklinge.«

»Eher wie die Klinge eines Brotmessers«, berichtigte Andrea.

»Gib acht«, sagte der Priester, »das ist die Waffe der häuslichen Verbrecher.«

»In diesem Falle war er jedoch das Opfer.«

»Wohl, auf den ersten Blick. Aber überlege ein wenig. Er hat das Ganze als einen Zwang der Gesellschaft erlitten, das ist nicht zu leugnen; in Wirklichkeit ist er aber, indem er es hinnahm, dem Zwang entronnen, er hat ihn dadurch anderen auferlegt. Aus diesem Grunde ist das Andenken, das er hier hinterließ, alles andere als gut.«

»Aber was für ein Leben, lieber Heiland. Er im Zuchthaus, sie im Kloster.«

»Er im Zuchthaus, sie im Kloster, viele hundert Kilometer voneinander entfernt. Und doch einiger, fester verbunden als irgendein anderes Liebespaar.«

»Aus meinem Gesichtswinkel ...«

»Was hast du schon wieder dagegen zu sagen?«

»Nichts«, antwortete Andrea und biß sich auf die Zunge. »Ich habe dir bereits erklärt, daß ich mit dir nicht streiten will, am wenigsten im Augenblick des Abschiedes. Gehst du jetzt? Wenn du Luca siehst, bestell ihm bitte, daß ich heute abend abreise.«

Don Serafino ging nach Haus. Auf der Straße war es nicht mehr wie einstmals, als bei jedem Schritt jemand ihn anhielt, um ihn um Rat oder Hilfe zu bitten. Die Landsleute, die ihn grüßten, waren selten geworden, und diese wenigen taten es nur scheu und flüchtig.

Luca war im Hause. Mehrere Male stieg Don Serafino in den oberen Stock, ging auf den Fußspitzen über den Korridor und lugte durch die halb offenstehende Tür in seine Kammer. Da er ihn aber in die Lektüre der von Andrea erhaltenen Schriftstücke versenkt fand, zog er sich jedesmal wieder zurück. Luca saß auf der eisernen Bettstelle, in der er nachts schlief. Sein Gesicht war, wie das eines Kindes, von Tränen benetzt. Als der Priester merkte, daß er mit dem Lesen fertig war, betrat er die Kammer und setzte sich neben ihn.

»Beachte die Tränen nicht«, entschuldigte sich Luca und trocknete seine Wangen ab. »Dies war der glücklichste Augenblick meines Lebens.«

»Es freut mich, daß er dir vergönnt war«, sagte der Priester, selbst gerührt. »Und unterschätze einen Augenblick des Glückes ja nicht. Das Glück besteht nur aus Augenblicken.«

Luca konnte vor Rührung nicht sprechen. Er nickte bejahend.

»Ich frage mich indessen«, fuhr der Priester fort, »ob die Liebe zu einer Frau soviel Leid rechtfertigen kann.«

»Aber es gibt doch nichts anderes«, antwortete Luca überzeugt. »Entschuldige, aber was gibt es sonst?«

Don Serafino sah ihn erstaunt an.

»So hat also«, sagte er, »mein ganzer Katechismus dir zu nichts verholfen?«

Luca verstand den Sinn der Frage nicht. Er antwortete: »Er hat mir zur Firmung verholfen. Wozu hätte er sonst verhelfen sollen?«

»Du bist gewissenlos«, sagte der Priester mit vorgetäuschtem Abscheu. »Wenn man es genau bedenkt, so war dein ganzes Verhalten von einer verteufelten Impertinenz. Dein heuchle-

rischer Verzicht schenkte dir das Herz der armen Ortensia. Sogar Andrea, der dich gar nicht kannte, unterlag in zartem Alter deinem seltsamen Einfluß. Schlimmer noch«, fügte Don Serafino immer im gleichen Ton hinzu. »Du hast der härtesten Strafe, die unser Gesetz seit der Abschaffung der Todesstrafe kennt, ihren Schrecken genommen. Ohne den Schrekken des Zuchthauses läßt es sich in diesem Lande nicht leben.«
Luca wartete ab, ob sein alter Pfarrer noch mehr an ihm herumzunörgeln hätte. Dann sagte er lächelnd:
»Andrea ist richtig. Findest du nicht? Ihm begegnet zu sein, sei es auch am Ende meines Lebens, das ist das zweite große Geschenk, das ich vom Schicksal empfangen habe. Nun kann ich mich nicht mehr beklagen. Wo steckt er im Augenblick? Was treibt er?«
»Er wird gerade sein Motorrad reparieren.«
Nach einer Pause fügte Don Serafino hinzu: »Er ist gewiß ein anständiger Kerl. Aber er kann auch böse sein.«
»Böse? Ist das dein Ernst?«
»Ich sage es ungern«, entschuldigte sich der Priester, »aber mit dir muß ich offen sein. Ja, er kann auch hart sein, sogar grausam.«
»Man sollte nicht meinen, daß wir von demselben Menschen sprechen.«
»Mit dir ist es etwas anderes«, erklärte der Priester, »vor dir hat er Respekt.«
»Respekt vor mir?« sagte Luca laut lachend.
»Er hat eine Grausamkeit an sich«, fuhr der Priester fort, »eine ganz eigentümliche Grausamkeit, die wir hier nicht kennen. Ich vergaß, dir zu sagen, daß er heute abend nach Rom abreisen will.«
»Er reist ab?« murmelte Luca.
»Er übt, das mußt du doch einsehen, seinen Beruf woanders aus. Er hat sich hier nur allzulange aufgehalten.«
Der glückliche Augenblick schien für Luca vorüber. Seine Lippen wurden weiß und bebten.
»Bevor er aber abreist, muß ich mit ihm sprechen.« Er erhob sich und ging.
Andrea war vor der Haustür dabei, den kleinen Motor seines Rades auseinanderzunehmen, als er von weitem Luca im

Laufschritt auf sich zukommen sah. Er legte den Schraubenschlüssel auf die Erde und ging ihm entgegen.
»Ich weiß, daß du fortgehst«, sagte Luca und schöpfte Atem. »Du hast recht«, fügte er gleich hinzu.
»Ich muß nach Rom zurück«, entschuldigte sich Andrea. »In den Ferien werden wir uns wiedersehen.«
»Natürlich«, sagte Luca und schluckte. »Ich wollte nur vorschlagen, daß wir ein paar Schritte zusammen gehen.«
»Wenn es weiter nichts ist«, antwortete Andrea lächelnd, »dann kann ich ja auch meine Abreise aufschieben.«
Sie schlugen den Bergpfad ein, der als Abkürzungsweg für den Anstieg nachPerticara diente. Das Einvernehmen, das zwischen ihnen entstanden war, zeigte sich in der Art, wie sie nebeneinander einherschritten und miteinander sprachen. In den Augen eines Fremden konnten sie trotz der Verschiedenheit des Standes leicht als Vater und Sohn gelten, obwohl Andrea größer und schlanker, Luca derber war und schärfere Züge hatte. Der Abend war mild, klar und golden. Der Herbst war nahe. Der erste Schwarm von Schwalben sammelte sich auf dem Dach der Kirche zum alljährlichen Flug nach Süden. Bewegt schaute Luca sich um. Als er seinen Weg fortsetzte, sah er zum ersten Male seit seiner Heimkehr das verlassene Haus von Don Silvio. Er wich nicht aus, verhielt aber den Schritt. Die Pfeiler am Eingang hatten ihre Tünche verloren, das verrostete Eisengitter war mit einer dicken Kette festgebunden. Brennesseln, Klatschmohn und Unkraut aller Art hatten den kleinen Garten überwuchert. Das Portal der Villa war mit Efeu und Geißblatt bedeckt. Die Fenster waren alle geschlossen, an den Jalousien waren viele Brettchen zerbrochen. Als die beiden Männer näher kamen, flog eine schwarz-weiße Elster, die auf dem Geländer des Balkons saß, mit heiserem Schrei auf.
»In der vorigen Woche war ich in diesem Hause«, sagte Andrea.
»Ich weiß. Wie bist du hineingekommen?«
»Ich habe eine Leiter an das Küchenfenster gelehnt und die Läden erbrochen. Das Holz ist morsch, es kostete keine große Mühe. Die Zimmer sind leer. Nur im Salon hatten sie an der Wand ein kleines Bild von Ortensia hängen lassen. Ich hab' es für dich mitgenommen. Heute abend, bevor ich abreise, gebe ich es dir.«

Luca blieb vor Überraschung still.
»Ich danke dir«, stammelte er schließlich. Dann fügte er hinzu: »In den letzten Tagen war ich etwas böse auf dich. Du mußt verzeihen.«
»Ich wußte, daß ich Gefahr lief, dich zu kränken«, sagte Andrea. »Aber ich konnte nicht verzichten.«
»Ich hatte ein Versteck«, fuhr Luca fort, »in das kein Mensch je eingedrungen war. Ob das auch anderen so geht? Ich weiß nicht. Das ist, glaube ich, nicht nur eine Frage der Scham oder der Zurückhaltung. Mir ist es immer so vorgekommen, als fälsche man den Sinn gewisser Dinge, wenn man von ihnen spricht.«
Sie gingen schweigend ein Stück weiter. In Luca hatte sich eine eigenartige Wandlung vollzogen, die Andrea gegenüber in der Art, wie er ihn ansah und ihm zulächelte, zum Ausdruck kam. Die Schranken der Vorsicht waren zwischen ihnen gefallen.
»Hier hat Ortensia als Mädchen gewohnt«, sagte Luca, als sie an einem Schutthaufen vorbeikamen. »Jeden Abend stieg sie kurz vor dem Ave Maria mit ihrem kupfernen Krug herunter, um an dem Brunnen Wasser zu schöpfen. Ich paßte sie auf halbem Wege ab, um ihr Lächeln zu erhaschen, das ich unzählige Male bis zum nächsten Tage in mir verwahrte. Dieses Lächeln, das ich Stunden und Stunden in mir barg, das war mein wahres Leben. Was wäre das Dasein«, fügte er nach kurzer Pause hinzu, »ohne daß man mit der, die man liebt, einig ist?«
Seine Stimme war ruhig und heiter.
»Ich beneide dich«, sagte Andrea halblaut.
»Ich weiß, daß du sogar beim Gericht gewesen bist«, fügte Luca hinzu. »Haben sie dir die Akten zu lesen gegeben?«
»Ich habe auch deinen Staatsanwalt gesprochen.«
»Der lebt noch?«
»Ja, von seinen Erinnerungen, die er wiederkäut. Er ist immer noch durchdrungen von deiner Schuld.«
»Dieser Mann muß nichts als Gedrucktes im Schädel haben«, sagte Luca. »Stell dir vor, daß er mich kleinkriegen wollte, indem er mit der Faust auf ein Büchlein hämmerte, welches er immer in den Händen hatte. ›Was steht denn in diesem so wichtigen Buch?‹ fragte ich ihn, ›vielleicht die Nummern der

Klassenlotterie?‹ – ›Das sind die Artikel und Paragraphen‹, erklärte er mir. ›Schön‹, sagte ich, ›nur schade, daß man keinen Salat davon machen kann.‹ Wenn du ihn gesehen hättest. Er geriet in helle Wut, als ob ich seine Voreltern beschimpft hätte. Auch die Vorstellung von gut und böse, die dieser Beamte sich machte, hing natürlich von den Paragraphen ab. ›Gibt es einen Paragraphen‹, fragte ich ihn, ›für einen Mann, der eine Frau heiratet, die er nicht liebt, statt eine zu heiraten, die er liebt?‹ – ›Nein‹, antwortete er, ›das sind Dinge, die sich dem Gesetze entziehen, das Gesetz kümmert sich nicht um Gefühle.‹ – ›Ausgezeichnet‹, sagte ich. ›Auch meine Angelegenheiten entziehen sich dem Gesetz, es gibt keinen Paragraphen, der sich mit ihnen beschäftigt, und ich erzähle sie Ihnen nicht, es sind meine Angelegenheiten.‹«

Der Pfad mündete in den Fahrweg, der in weiten Serpentinen nach Perticara anstieg. An dieser Stelle begegneten die beiden einer so überladenen Heufuhre, daß die Ochsen halb dahinter verschwanden. Bei ihrem Anblick versteckte der Mann, der oben saß, sich schnell im Heu, so daß nur noch die Spitze seines schäbigen Hutes herausschaute. Die Fuhre glich einer grasigen Insel, die sich von selbst bewegte. Die beiden Wanderer gingen vielleicht hundert Meter hinter dem Karren her. Dann folgten sie einem Pfad, der sich durch kleine Äcker und Felsen fortschlängelte. Luca hatte die Jacke ausgezogen und über die eine Schulter gehängt.

»Es ist heiß«, sagte er.

Aber vielleicht wollte er auch nicht wie ein Städter gekleidet über Land gehen. Der Pfad war menschenleer. In diesem Monat arbeitete alles unten im Tal in den Gemüsegärten und beim Heuen.

Andrea paßte seinen Schritt dem des Gefährten an, der ab und zu haltmachen mußte, um Atem zu schöpfen.

»Weshalb bist du nicht ausgewandert?« fragte Andrea unvermittelt. »Du sollst doch schon deinen Paß bereit gehabt haben? Zu jener Zeit gingen, wie du weißt, die meisten Leute von hier nach Amerika. Viele sind drüben geblieben, haben dort eine neue, weniger mühselige Existenz gegründet.«

»Die Schuld wurde Ortensia beigemessen, aber zu Unrecht«, antwortete Luca. »Als alles erledigt war, merkte ich, daß ich in der Ferne nicht leben konnte. Ich fühlte mich nur als halber

Mensch; die andere Hälfte war sie. Dies Gefühl konnte ich nicht mehr unterdrücken. Leider sah ich sie selten, wir sprachen uns nur in der Gegenwart anderer. Aber im selben Dorf zu leben, in ihrer Umgebung, das war doch das wenigste, worauf ich ein Recht zu haben glaubte.«

Andrea war im Begriff, etwas einzuwenden, wagte es aber nicht.

Der Pfad führte an einem verlassenen Heuschober vorbei.

»Wir wollen haltmachen«, bat Luca. »An so weite Spaziergänge bin ich noch nicht wieder gewöhnt.«

Sie setzten sich auf einen Baumstamm, der unter dem Dach des Schobers am Boden lag. Ein in die Erde gegrabenes Loch zwischen zwei Steinen hatte als Feuerstelle gedient. Luca zündete seine Pfeife an. Die Sonne war im Untergehen. Ein goldenes, sehr lichtes Strahlenbündel, wie es die Heiligen als Glorienschein tragen, schoß unter einer Wolke hervor. Luca, der ab und zu einen Zug aus der Pfeife tat, bewunderte mit seinen hellen Augen die talwärts abfallenden Schrägäcker und Rebhänge. Seines Alters wegen und um besser auszuruhen, saß er ein wenig gebückt, die Ellbogen auf die Knie gestützt. Die Züge seines mageren Gesichtes waren indessen regelmäßig und scharf geblieben, wie in Granit gemeißelt, mit buschigen Brauen und tiefliegenden Augenhöhlen. So konnte er für einen alten Bauern gelten, der sich nach beendetem Arbeitstag ausruht.

»Siehst du diese Baumgruppe dort unten?« sagte Luca. »Das Land da war mein Weinberg. Meine Mutter mußte es wegen der Prozeßkosten verkaufen. Wie oft habe ich nicht in den vergangenen Jahren davon geträumt, dort unten zu sein, zu hacken oder den Wein zu lesen.«

Verstohlen beobachtete Andrea den Freund. Luca schien traurig zu sein, aber doch ruhig.

»Die Mutter Äbtissin«, sagte Andrea, »war begierig, von mir zu erfahren, ob du verbittert warst, als du heimkehrtest.«

»Gegen wen? Gegen mich selber?« antwortete Luca.

Vor ihren Augen breiteten sich in allen Tönungen von Gelb und Rot, mit wenigen grünen Tupfen dazwischen, die kleinen Ackerstücke, von denen in der Sprache der Bauern ein jedes seinen alten Familiennamen trug; durch Hecken oder Steinwälle voneinander getrennt, waren sie gepflügt, wenn auch unregelmäßig, dem Hange folgend, und durch kleine Tretwege verbunden.

Die scheidende Sonne vergoldete die Zweige der Mandelbäume, sie rötete die Dornhecken und Steinhaufen zwischen den Äckern.

»Siehst du dort unten die Strohhütte?«

Luca kannte jede Scholle, jeden Graben, jeden Strauch, jeden Stein. In seinen Augen leuchtete eine Seligkeit wie beim Anblick kostbarer, alter Bilder. Von der Stelle aus, wo sie saßen, konnte man auch ganz Perticara überblicken, wie es rittlings auf seiner Höhe lag.

»In der vergangenen Woche bin ich dort oben gewesen«, sagte Andrea.

»Wie geht es Gelsomina?« erkundigte sich Luca. »Bei der Verhandlung tobte sie wie eine Furie gegen mich. Haßt sie mich noch?«

»Sie hat immer noch Furcht vor dir«, sagte Andrea. »Sie trägt immer noch Trauer um ihre Schwester.«

»Lauretta war ein herzensgutes Mädchen«, sagte Luca. »Ein Mädchen der guten alten Zeit. Hätte ich nicht eine andere geliebt, so wär' sie für mich die beste Frau gewesen, die ich mir hätte denken können. Aber man kann nicht die eine Frau lieben und mit der anderen Kinder zeugen. Das wären ja Bastarde.«

»Hast du dich mit Ortensia getroffen, ehe du an jenem Abend zu ihr gingest?« fragte Andrea zögernd.

»Ja, ich hatte mit ihr gesprochen«, sagte Luca. »Woher weißt du das? Wer hat es dir erzählt?«

»Ich wußte es nicht«, entschuldigte sich Andrea. »Es war nur eine Frage.«

»Das sollte nur ein einfacher Abschiedsbesuch sein«, fuhr Luca fort. »Ortensia drängte mich ja, wie du weißt, zur Heirat. Ich wollte ihr sagen, daß an diesem Abend das endgültige Datum der Hochzeit festgesetzt werden sollte. Da sie es von mir verlangte, wollte ich ihr dies Opfer bringen. Ich wußte, daß ich Gefahr lief, den Verstand zu verlieren, wollte aber dafür sorgen, daß sie Ruhe fand, und dem Gerede der Leute ein Ende machen. Das war meine Absicht. Du mußt wissen, daß das Hauptportal des Hauses der Ascia im Winter meist verschlossen war. Man betrat das Haus durch eine

Hintertür neben dem Lagerschuppen. Deshalb wohl hat mich niemand gesehen. Ich hoffte, Ortensia mit ihrem Mann anzutreffen. Ich hatte mit ihm eine Transportfrage zu regeln. Statt dessen war sie allein. ›Silvio ist ausgegangen‹, sagte sie, ›er ist im Café zu seinem gewohnten Spielchen mit Don Serafino.‹ – ›Ich habe eine wichtige Frage an dich‹, sagte ich gleich. ›Da ich von deiner Antwort meine Zukunft abhängig machen werde, flehe ich dich an, sie dir recht zu überlegen. Hier meine Frage: Willst du wirklich, daß ich heiraten soll?‹ Sie brach in Tränen aus und antwortete mir mit diesen Worten, die mich vierzig Jahre hindurch begleitet haben: ›Nein, Luca, das kann ich nicht wünschen, da ich dich jeden Tag mehr liebgewinne; aber leider kann ich dir auch nichts versprechen.‹ – ›Ich verlange nichts‹, sagte ich, vor ihr auf die Knie fallend. ›Wenn ich dein Herz habe, brauche ich nichts anderes.‹ Sie half mir aufstehen und umarmte mich. Das war die erste Umarmung, die sie mir gewährte. Und es war auch die letzte. In diesem Augenblick fühlte ich mich von einer ungeheuren, nie erlebten Seligkeit überflutet. Es war eine Art von Verzückung. Jede Unsicherheit, jede Furcht wich von mir. Kannst du mir sagen, was in derartigen Augenblicken in einem Herzen vor sich geht? Mit einem Male war die Welt wie verwandelt. Hätte ich Pferde fliegen sehen, ich hätte mich nicht gewundert. Du mußt entschuldigen, Andrea, ich weiß, daß ich törichtes Zeug schwätze. Aber auch du wirst ja, einmal wenigstens, verliebt gewesen sein. Ist die Liebe immer so? Mein Gott, mein Gott, ich erkannte die Schöpfung nicht wieder. Ich hatte den Himmel im Herzen. Es war, als sprühten Hunderte von Sternen durch meinen Kopf. Seligkeit war in mich eingedrungen, sie hatte in mir ein Licht entzündet, das ich nicht kannte. Die ganze Erde drehte sich wie ein Kreisel.

Als ich wieder auf der Straße stand«, erzählte Luca weiter, »fiel mir ein, daß ich ja nach Perticara mußte. Es war schon zu spät. Ich mußte hin, um den Hochzeitstag festzusetzen. Das kam mir verrückt vor wie eine sinnlose Verpflichtung, die ich in einem anderen Leben eingegangen war. Ich war ganz betäubt. Ich ging automatisch, nur in dem Gedanken, mich nicht zu sehr zu verspäten. Deshalb rannte ich. Ich rannte in mein Verderben. Über diesen selben Abkürzungsweg, obwohl er im Winter gefährlich ist. Die Schneewehen hatten die Löcher und Gräben gefüllt. Viele Male versank ich. Ich hatte nur die eine Sorge, nicht allzu spät zu kommen. Als ich aber Lauretta gegenüberstand und ihrer ganzen Familie, die zusammengekommen war, um die Festsetzung unserer Hochzeit zu feiern, da hat es mich unsägliche Mühe gekostet, nur auf den Beinen zu bleiben. Der Fußboden und die Wände ringsum wankten wie bei einem dauernden Erdbeben. Eine tödliche Müdigkeit lähmte alle Gelenke. Mein Herz war schwer wie ein Stein. Ich begriff, daß das Schicksal mich genarrt hatte. Ich war wie eine Maus in der Falle. Jedes freundliche Wort, das Lauretta an mich richtete, vermehrte nur meine Verlegenheit und mein Schuldbewußtsein. Ich weiß, daß ich wirre Reden geführt habe. Für den Richter sollte das der Beweis für die vorweggenommene Reue über einen Mord sein, der noch zu begehen war. Als ich Perticara verließ, war ich gewiß, daß ich am nächsten Tage nicht zurückkehren würde.«

»Es war noch nicht zehn Uhr abends«, sagte Andrea. »Die Nacht hatte kaum begonnen. Ich bitte dich, zu entschuldigen, wenn ich dich frage, du kannst mir auch die Antwort verweigern: Bist du wieder zu Ortensia gegangen?«

»Nein«, sagte Luca schnell. »Was fragst du mich da? Hast du denn nichts von der Lage begriffen, in der ich war?« – »Ich bitte um Verzeihung.«

»Wie wäre das möglich gewesen?« suchte Luca weiter zu erklären. »Ich frage dich, wohlgemerkt, nicht, wie es tatsächlich möglich gewesen wäre, sondern seelisch. Als ich aus Laurettas Hause kam, war ich wie vernichtet, als sei mir der Berg auf den Kopf gefallen. Ich glaubte, es nicht zu überleben.«

»Wo hast du die Nachtzeit von zehn bis drei zugebracht?« fragte Andrea noch einmal. »Bist du kreuz und quer umhergeirrt?«

»Ich weiß nicht genau«, sagte Luca. »Ich war doch, ich wiederhole es, nur halb bei Sinnen. Einige abgerissene Bilder sind mir haftengeblieben. Ich habe, so scheint es, in dieser Nacht sogar ein Wunder getan, ganz gewiß nicht mit Absicht.«

Andrea erfaßte nicht sogleich, was gemeint war. Luca deutete

mit der Hand auf eine kleine Kirche, die auf einem Steilhang über einer Schlucht stand.
»Bist du mal dort oben gewesen?« fragte Luca.
»Einmal, als Junge«, antwortete Andrea. »Seinerzeit wallfahrtete man einmal im Jahre hinaus. Ich weiß nicht, ob es noch Brauch ist.«
Auf der Hochalm hinter der Kirche war eine Steinhürde für Schafe zu erkennen und ein Gewimmel von Hirten, die, winzig wie Ameisen, zur Herde gingen oder von ihr kamen. Die Kirche glich einem Spielzeug aus einer Weihnachtskrippe.
»Ich will dir die Geschichte einer Freske erzählen«, sagte Luca, »die dort an der Wand ist. Die Kapelle ist, wie du wissen wirst, dem heiligen Gabriel zur Schmerzensmutter geweiht. Weshalb ich in dieser Nacht dort hinaufgeklettert bin, war mir schon damals nicht klar. Vielleicht, weil sich wenige Jahre zuvor ein Selbstmörder dort in den Abgrund gestürzt hatte. Die Nacht war klar und kalt. Als ich, erschöpft und verschwitzt, oben angelangt war, kam aus dem Inneren der Kapelle eine Art von Klagelaut. Ich weiß nicht, ob du dich erinnerst, daß die Kapelle keine Türen hat. ›Wer ist da?‹ rief ich. Auf der Schwelle erschien eine Frau in Lumpen. Es war eine Bettlerin, die vor dem Einschlafen betete. Wir kannten sie alle. Im Sommer pflegte sie in den Gräben zwischen den Feldern zu schlafen, im Winter in den Heuschobern oder vor den Kirchen. Sonderbar war zunächst, daß mir trotz meiner Benommenheit in ihrer Gegenwart ein Tausendlireschein einfiel, den ich in der Tasche trug. Don Silvio hatte ihn mir geliehen, damit ich mir vor der Hochzeit einen Weinberg kaufte. Da ich aber sterben wollte, besaß er für mich keinen Wert mehr. ›Hier‹, sagte ich zu der Armen und steckte ihr die Banknote zu. Das war damals viel Geld. Ich weiß nicht, ob sie den Wert der Gabe sogleich erkannte, entsinne mich aber, daß ihre Danksprüche gar nicht mehr aufhörten. ›Gott segne dich‹, sagte sie, ›Gott segne dich.‹ Sonderbar war nun weiter, daß ich es aus irgendeiner Hemmung heraus nicht über mich brachte, vor den Augen dieser Unglücklichen in den Abgrund zu springen. Vielleicht wollte ich ihr den Schrecken ersparen, den ich ihr eingejagt hätte.«
»Jetzt kommt mir die Freske wieder in Erinnerung«, sagte

Andrea lächelnd, »die deine Gebärde darstellt. Auf dem Gemälde empfängt die Bettlerin freilich das Geld unmittelbar vom Heiligen Gabriel.«

»Don Serafino hat es mir erzählt«, sagte Luca. »Das war, scheint es, die Lesart der Bettlerin. Soviel ist sicher, daß in jener Nacht die Heiligen und die Teufel sich in diesem Tal eifrig zu schaffen machten.«

»Also kennt Don Serafino beide Lesarten?«

»Er kennt die heilige Fassung und auch die weltliche.«

»Hinter jeder Geschichte lauert immer eine andere«, sagte Andrea. »Wie soll man unterscheiden, welche richtig ist?«

»Ich weiß«, sagte Luca, »daß du in den letzten Wochen dem armen Don Serafino reichlich zugesetzt hast. Du darfst nicht schlecht von ihm denken.«

»Du hast recht«, gab Andrea zu. »Er ist ein guter Kerl.«

»Etwas mehr«, entgegnete Luca. »Wenn man ihn richtig kennt, doch etwas mehr.«

Vor dem Heuschober kamen beiderseitig mit Fässern beladene Esel vorbei. Die dahinter gehenden Bauern wandten den Kopf ab, als sie die Freunde sahen.

»Früher«, sagte Luca, als sie vorüber waren, »grüßte man sich auf dem Land, auch wenn man sich nicht kannte.«

»Uns kennt man aber«, betonte Andrea.

»Daß es so steht, tut mir deinetwegen leid«, sagte Luca, »ich verderbe dir deine politische Laufbahn.«

»Im Gegenteil, es ist für mich eine Erleichterung«, sagte Andrea lächelnd. »Auf diese Weise betteln sie mich nicht mehr um Empfehlungsschreiben an.«

Die Sonne war untergegangen. Sie erhoben sich, um in das Dorf zurückzukehren, wollten aber nicht den gleichen Weg benutzen. Der Abkürzungspfad, den sie diesmal nahmen, bestand aus einer vom Vieh getretenen Spur. Luca genoß die frische Luft in vollen Zügen. Beim Abstieg strengte ihn das Sprechen nicht an.

»Ich begreife nicht«, sagte er, »weshalb manche Leute die Ausdünstung der Kühe als Gestank bezeichnen.«

»Ihre Nase ist eben anders«, erklärte Andrea. »Wahrscheinlich hast du in jener Nacht, als du den Berg hinunterkamst, denselben Weg genommen wie eben.«

»Wahrscheinlich, aber ich entsinne mich nicht. Wie die Zeit

verging, was ich tat, ob jemand mich sah, all das merkte ich nicht oder habe es wieder vergessen. Ich weiß auch nicht, weshalb ich meine Absicht, mich zu töten, nicht ausführte, als ich am Kanal angekommen war. Ob mich jemand zurückhielt? Offenbar habe ich dort mehrere Stunden regungslos ins Wasser gestarrt. So wurde mir jedenfalls berichtet. Und wahrscheinlich stimmt es. Die Verzweiflung war bis an die Wurzeln des Seins gedrungen, sie hatte mich gelähmt. Ich wußte nicht mehr, ob es Tag oder Nacht war. Als ich mir einige Stunden später bewußt wurde, in den Händen der Carabinieri zu sein, da fühlte ich mich geradezu erleichtert. Nun brauchte ich meinen Willen eine Zeitlang nicht mehr. Jetzt, dachte ich, müssen die für mich denken. In den Tiefen des Grauens und der Verzweiflung, denen ich unversehrt entkommen war, hatte ich meine Tatkraft verloren, ich war todmüde. Sie machten mich lachen durch ihre Drohung mit dem Zuchthaus, die Leute, die mich ausfragten. Nicht einmal die Hölle hätte mir Angst gemacht. Die Tage verstrichen von selbst, ohne jede Verantwortung für mich. Durch die Verhaftung war ich dem Selbstmord entgangen, eine glückliche Lösung. Nun mochte das Schicksal seinen Lauf nehmen. Was konnte ich tun?«

Die beiden hatten den kleinen Steg am alten Mühlwehr erreicht. Dort blieben sie minutenlang stehen und sahen das Wasser rinnen. Hier wehte ein kühles Lüftchen, das wohl tat.

»Ich sag es dir offen«, fuhr Luca fort, »am Anfang ahnte ich nicht, wie hart es mich ankommen würde, diese endlose Strafe zu verbüßen. Von den zehn Jahren Einzelhaft möchte ich nicht sprechen. Dazu müßte ich sie mir genau vergegenwärtigen, und das wäre zu qualvoll. Könnte man durch eine Gehirnoperation jede Erinnerung an diese entsetzliche Gruft auslöschen, so würde ich mich ihr ohne weiteres unterziehen. Ich kann dir nur sagen, daß der Unterschied zwischen der Einzelzelle und der gewöhnlichen Kerkerhaft größer ist als zwischen dieser und der vollen Freiheit. Man kommt, kurz gesagt, nur als gebrochener Mann heraus. In diesem Zustand erreichte mich der erste Brief meiner Mutter, oder, richtiger, dein erster Brief, mit den Nachrichten über Ortensia, ihre Trennung von Don Silvio, ihre Flucht in die Einsamkeit und ihre unwandelbare Zuneigung.«

»War es Ortensia, die sich hinter dem Namen Verdina verbarg?« unterbrach Andrea. »Wie dumm, daß ich nicht etwas Ähnliches vermutete. Als deine Mutter mir die Briefe diktierte, sprach sie nur von ihr, von ihren Grüßen für dich. Aber es gelang mir nicht, zu erraten, wen sie meinte.«
»Auch kein anderer hätte es begriffen«, sagte Luca. »Ich nannte Ortensia von klein auf Verdina, wegen ihrer grünlichen Augen. Nicht einmal meine Mutter kannte diesen Kosenamen. Damit das Geheimnis bewahrt blieb, mußte Ortensia selber ihn meiner Mutter anraten. Ungeachtet des Zuchthauses und der überstandenen Einzelhaft übte dieser Brief eine zauberhafte Wirkung aus. Sofort ergriff mich die gleiche Verzückung, die ich bei unserem letzten Zusammentreffen vor der Verhaftung erlebt hatte. Ich verspürte die übermenschliche Macht der Liebe, den wundervollen Frieden zweier Herzen, die sich lieben. Die Trennung war ein Leid, aber doch ein Liebesleid. Nicht einmal das Zuchthaus haßte ich noch, da ja die Hinnahme dieser Strafe Ortensia die Größe und Stärke meines Gefühls offenbart und zur Lösung der unnatürlichen Bindung an ihren Mann geführt hatte.«
Schweigend gingen Andrea und Luca bis zum Ortseingang weiter. Der Abend war hereingebrochen, die ersten Lichter brannten. Das Vieh kam in die Ställe zurück, die Schornsteine rauchten, weil die Suppe gekocht wurde, und in den Akazien zirpten die Grillen.
»Wir haben uns verspätet«, sagte Luca bedauernd.
»Ach nein, findest du? Dann reise ich eben erst morgen.«
Sie überquerten den kleinen Platz vor der verlassenen Kirche von San Bartolomeo und setzten sich auf die Steinbank neben der Pforte.
»Damals fing ich ernstlich an, zu überlegen, wie ich hinauskommen könnte«, nahm Luca seinen Bericht wieder auf. »Auch Ortensia tat von ihrem Kloster aus, was sie konnte, sie wandte sich an einen Anwalt und an einen Prälaten. Schließlich war ich ja wegen eines Mordes verurteilt, den ich nicht begangen hatte. Aber die Justiz ist ein unerbittliches Räderwerk. Sie versteht keinen Spaß. Kaum merkte ich, daß man schon wieder von Artikeln und Paragraphen redete, da wußte ich auch, daß es kein gutes Ende nehmen würde. ›Dieser Artikel und jener Paragraph‹, sagte der Anwalt, ›verlangen

einen neuen Tatbestand, damit der Prozeß wieder aufgenommen werden kann. Wo ist die neue Tatsache?‹ wollte der Anwalt wissen. – ›Die neue Tatsache ist überflüssig‹, antwortete ich, ›das Alte müßte genügen, daß ich nämlich unschuldig bin, daß ich es nicht war, der gemordet hat.‹ – ›Nein, das Strafgesetzbuch kümmert sich nicht darum, es verlangt einen neuen Tatbestand‹, beharrte der Advokat. Schluß, ich verlor die Geduld. ›Ich will vom Strafgesetzbuch nichts mehr wissen‹, antwortete ich ihm. Einen neuen Tatbestand – natürlich gab es ihn, aber keinen, der das Gesetz oder die Advokaten etwas anging.«

»Auf welchen neuen Tatbestand spielst du an?« fragte Andrea.

»Auf Ortensias veränderte Lage«, erklärte Luca. »Schließlich wollte ich mich unmittelbar an den König wenden. Das Gericht muß, sagte ich mir, nach dem Gesetz gehen, aber der König kann, wenn er will, nach seinem Gewissen urteilen.«

»Du wolltest also deine Angelegenheiten dem König vortragen?«

»Kein Gedanke. Hätte er mich empfangen, so hätte ich ganz einfach gefragt: ›Halten Sie es nicht für richtig, daß ein Ehrenmann gewisse Dinge, die seine Ehre und die Ehre der Frau, die er liebt, angehen, niemandem erzählt, nicht einmal dem königlichen Gericht?‹ Ich glaube, der König hätte mir ohne weiteres recht gegeben, ohne sich um Artikel und Paragraphen zu kümmern, und hätte sofort den Befehl gegeben, mich freizulassen.«

»Das ist etwas, das ich nicht wußte«, murmelte Andrea, »es gab also doch noch einen Monarchisten in Italien.«

»Aber wie sollte ich bis zum König vordringen?« fuhr Luca fort. »Das machte mir viel Kopfzerbrechen. An ihn schreiben nutzte nichts, das hatte ich ausprobiert. Da fiel mir eines Tages ein, daß der Beamte, mit dem man bei Prozessen immer zu tun hat, *Der Staatsanwalt des Königs* heißt. Wenn er diesen Titel führte, mußte er doch, dachte ich, offenbar mit dem Herrscher Umgang haben. Wie sollte ich es nun anstellen, mit ihm zu sprechen, um diese so heiß ersehnte Audienz zu erreichen? Nachdem mehrere Briefe unbeantwortet geblieben waren, sah ich keinen anderen Ausweg als einen neuen Prozeß. Das gefiel mir nicht, war aber das einzige Mittel, ihn zu zwingen, daß er mich besuchte. In welchem Jahre mag das gewesen sein? Ich kann mich nicht entsinnen, weiß aber noch, daß ich damals in Portolongone saß. Der Zuchthausdirektor war ungeachtet seines häßlichen Berufes kein bösartiger Mann. Wenn wir Beschwerden hatten, hörte er uns an, und da er sehr schöne Zähne hatte, lächelte er oft. So näherte ich mich ihm eines Tages, bat zuerst um Entschuldigung und versetzte ihm dann einen Haken gegen den Kiefer, daß er lang hinstürzte. Da seine Zähne falsch waren, war der angerichtete Schaden arg, und das hatte ich nicht bedacht. Er spuckte sie auf die Erde wie eine Handvoll weißer Bohnen. Aber konnte ich das ahnen? Das Schlimmste kam hinterher, mit dem Staatsanwalt des Königs. Mit dem geriet ich ernstlich aneinander. Während ich mit dem größten Respekt, dessen ich fähig war, versuchte, ihm den Zweck meiner Handgreiflichkeiten auseinanderzusetzen und ihn dahin zu bringen, daß er für mich eine Verabredung mit dem König traf, selbstverständlich wann und wo es diesem genehm wäre –, weißt du, was dieser Dummkopf mir da entgegenhielt? Die Zahlen der Artikel und Paragraphen für mein neues Verbrechen wollte er mir angeben, die in dem Buch verzeichnet standen, das er in der Hand hatte. ›Diese Zahlen können Sie für sich behalten‹, sagte ich in aller Freundlichkeit. ›Mit Ihren Zahlen‹, versuchte ich ihm klarzumachen, ›weiß ich wirklich nichts anzufangen.‹«

»Zum Schluß hast du ihn geschlagen«, sagte Andrea.

»Es blieb mir nichts anderes übrig. Woher weißt du das?«

»Es war als Begründung dafür erwähnt, daß die Begnadigung durch den König, die nach Verbringung des dreißigsten Jahres deiner Strafe vorgesehen war, abgelehnt wurde.«

Es war Nacht geworden.

»Wie spät ist es?« fragte Andrea. »Mir ist zumute wie nach einem langen Traum.«

Luca lächelte. Die beiden erhoben sich, um nach Hause zu gehen. Versteckt im Laub einer kleinen Akazie lockte eine Grille mit eintönigem, inständigem, beharrlichem Zirpen das Weibchen, das ausblieb. Am heller gewordenen Nachthimmel über Perticara war, gelb wie die Scheibe einer überreifen Melone, der Mond in seinem ersten Viertel aufgegangen. Im schweigenden Gäßchen hing noch die laue Wärme des Tages.

Die einzigen Lebenszeichen kamen von den Tieren in den Ställen.
»Wenn man es recht überlegt«, sagte Andrea, »muß es doch hier in Cisterna eine ganze Anzahl von Leuten gegeben haben, die von deiner Unschuld an dem Raube überzeugt waren.«
»Daß ich kein Mörder war«, sagte Luca, »das, glaube ich, wußten sie alle, die Carabinieri natürlich ausgenommen. Wie würde sonst der Groll sich erklären, den die Alten noch immer gegen mich hegen? Du mußt nämlich wissen, daß zur Zeit der letzten Briganten in unserer Gegend auch einige hiesige Männer in den Busch gingen, raubten und mordeten. Ich erinnere mich deutlich, denn ich war schon halb erwachsen, daß die Mehrzahl der Bevölkerung es mit ihnen gehalten hat. Aber mein Verbrechen lag in den Augen der Einheimischen anders, viel schlimmer.«
Am Ende der Gasse tauchte unversehens ein Junge auf.
»Toni«, sagte Andrea. »Wahrscheinlich hat er den ganzen Abend nach uns gesucht.«
»Hör zu«, sagte Luca, der haltgemacht hatte und Andrea an einem Arm festhielt: »Du mußt dich um diesen Jungen kümmern, ihn mit nach Rom nehmen, ihn ausbilden lassen.«
»Ich hatte schon daran gedacht«, sagte Andrea. »Aber dann würdest du allein bleiben unter diesen Leuten.«
»Ich habe sie nie gefürchtet«, sagte Luca lächelnd, »und ich werde nicht mehr lange leben.«